U0501301

贾平凹 史铁生 等/著
好读 编

心上有个人才能活下去

北京联合出版公司
Beijing United Publishing Co.,Ltd.

只 为 优 质 阅 读

好
读

Goodreads

目 录
Contents

辑一

长长的路，我们慢慢地走

一到吃饭的时候，
就能听得见各家大人
呼唤孩子吃饭的热情叫声。

纺车声声 / 贾平凹   003

雪 / 蒋勋   018

镇铮岛人 / 马未都   023

回声 / 李广田   029

怀念萧珊 / 巴金   035

阿长与《山海经》/ 鲁迅   051

宗月大师 / 老舍   058

辑二

心上有个人，才能活下去

没有亲爱的人，
活着也等于死一样。

花边饺 / 肖复兴   065

多年父子成兄弟 / 汪曾祺   068

不曾远游的母亲 / 陈年喜   073

三松堂断忆 / 宗璞   084

我爱你像爱一首诗 / 朱生豪   092

湖畔夜饮 / 丰子恺   099

远远的敲门声 / 刘亮程   104

辑三

人生一知己，足以慰风尘

二十一岁末尾，
双腿彻底背叛了我，
我没死，全靠着友谊。

晶莹的泪珠 / 陈忠实　　　　　　119

我二十一岁那年 / 史铁生　　　　129

初冬 / 萧红　　　　　　　　　　145

藤野先生 / 鲁迅　　　　　　　　149

老人叶圣陶 / 马未都　　　　　　156

泰戈尔 / 徐志摩　　　　　　　　163

我的畏友弘一和尚 / 夏丏尊　　　171

辑四

幸好思念无声，否则震耳欲聋

我就这样，
一面看水一面想你。

祭父 / 贾平凹   177

秋天的怀念 / 史铁生   189

祖父死了的时候 / 萧红   191

背影 / 朱自清   196

悼志摩 / 林徽因   199

让"死"活下去 / 陈希米   209

小船上的信 / 沈从文   214

辑五

下次你路过，人间已无我

他平平静静，没有大喜大忧，
没有烦恼，无欲望亦无追求。

闹市闲民 / 汪曾祺　　　　　　　221

四岁 / 王鲁彦　　　　　　　　　224

秋叶吟 / 郑振铎　　　　　　　　228

一件小事 / 鲁迅　　　　　　　　233

四位先生 / 老舍　　　　　　　　236

一条老狗 / 季羡林　　　　　　　243

辑一

长长的路，我们慢慢地走

她非常安静，但并未昏睡，始终睁大两只眼睛。

眼睛很大，很美，很亮。

我望着，望着，好像在望快要燃尽的烛火。

我多么想让这对眼睛永远亮下去！

我多么害怕她离开我！

纺车声声

◆ 贾平凹

如今，我一听见"嗡儿，嗡儿"的声音，脑子里便显出一弯残月来，黄黄的，像一瓣香蕉似的吊在那棵榆树梢上；院子里是朦朦胧胧的，露水正顺着草根往上爬；一个灰发的老人在那里摇纺车，身下垫一块蒲团，一条腿屈着，一条腿压在纺车底杆上，那车轮儿转得像一片雾，又像一团梦，分明又是一盘磁音带了，唱着低低的、无穷无尽的乡曲……

这老人，就是我的母亲，一个没有文化的，普普通通的山地小脚女人。

那年月，正是"文化大革命"中期，我刚刚上了中学，当校长的父亲就被定为"走资派"，拉到远远的大深山里"改造"去了。那是一座原始森林林场，方圆百里是高山，山上是莽林，穿着"黑帮"字样衣服的"改造"者，在刺刀的监督下，伐木，运木，运木，伐木；即便是偶尔逃跑出来了，也走不出这林海就会饿死的。这是后话，都是父亲后来告诉我的；他在那里"改造"

了七年。七年里，家里只有母亲、我，和一个弟弟、两个妹妹。没有了父亲的工资，我们兄妹又都上学，家里就苦了母亲。她是个小脚，身子骨又不硬朗，平日里只是洗、缝、纺、浆，干一些针线活计，现在就只有没黑没明地替人纺线赚钱了。家里的吃的、穿的、烧的、用的，我们兄妹的书钱，一应大小开支，先是还将就着应付，麦子遭旱后，粮食没打下，日子就越发一日不济一日了。我瞧着母亲一天一天头发灰白起来，心里很疼，每天放学回来，就帮她干些活：她让我双手扩起线股，她拉着线头缠团儿；一看见她那凸起的颧骨，就觉得那线是从她身上抽出来的，才抽得她这般的瘦；尤其不忍看那跳动的线团儿，那似乎是一颗碎了的母亲的心在颤抖啊！我说：

"妈，你歇会儿吧。"

她总给我笑笑，骂我一声：

"傻话！"

夜里，我们兄妹一觉睡醒来，总听见那"嗡儿，嗡儿"的声音，先觉得倒中听，低低的，像窗外的风里竹叶，又像院内的花间蜂群，后来，就听着难受了，像无数的毛毛虫在心上蠕动。我就爬起来，说：

"妈，鸡叫二遍了，你还不睡？"

她还是给我笑笑，说：

"棉花才下来，正是纺线的时候，前日买了五十斤苞谷^①，吃的能接上秋了，可秋天过去，你们又是一个新的学期呀……"

我想起上一学期，我们兄妹一共是二十元学费，母亲东借西凑，到底还缺五元；学校里硬是不让我报名，母亲急得发疯似的，嘴里起了火泡，热饭吃不下去，后来变卖了家里一只铜洗脸盆，我才上了学，已经是迟了一星期的了。现在，她早早就做起了准备……我就说：

"妈，我不念了，回来挣工分吧！"

她好像吃了一惊，纺车弦一紧，正抽出的棉线"嘣"的一声断了，说：

"胡说！起了这个念头，书还能念好？快别胡说！"

我却坐起来，再说：

"念下去有什么用呢？毕了业还不是回来当农民？早早回来挣工分，我还能养活你们哩！"

母亲呆呆地瓷在那里了，好久才说：

"你说这话，刀子扎妈的心；你不念书了，叫我怎么向你爸交代呀？！"

一提起爸爸，她就伤心了，大颗大颗的眼泪滚下来。我看得害怕了，就再不敢说下去，赶忙向她求饶：

"妈，我再不敢说这话了，我念，我一定好好念。"

---

① 苞谷：方言词，指玉米。

她却扑过来，紧紧地搂住了我，搂得那么紧，好像我是一块冰，她要用身子暖化成水儿似的。油灯芯跳了几下，发出了土红色，我要爬过去添油，她说：

"孩子，别添了；妈听你的，妈要睡呀。"

这一夜，她一直搂着我。

秋里雨水很旺，庄稼难得的好长势，可谁也没有料到，谷子饱仁的节候，突然一场冰雹，把庄稼全都砸趴到泥里去了。收成没了指望，母亲做饭更难场了。一天三顿，半锅水下一小瓢儿米面，再煮一把豆子。吃饭时，她总是拿勺捞着豆子倒在我们碗里，自己却撇上边的汤喝；我们都夹着豆子要让她吃，她显得很快活，却总是说：

"我是嫌那有豆腥气，吃了犯胃的。"

母亲那时是真有胃病的；可我们却傻，还以为她说的是实情哩。

日子是苦焦的，母亲出门，手就总是不闲，常常回来口袋里装些野菜，胳肘下夹一把两把柴火。我们也就学着她的样，一放学回来，沿路见柴火就捡，见野菜就挑，从那时起，我才知道能吃的菜很多：麦瓜龙呀，芨芨草呀，灰条，水蒿的。这一天傍晚，我和弟弟挑了一篮子灰条，高高兴兴地回来，心想母亲一定要表扬我们了，会给我们做一顿菜团团吃了，可一进门，母亲却趴在炕上呜呜地哭。我们全都吓慌了，跪在她的身边，不知道发生了什么事，她突然一下子把我们全搂在怀里，问：

"孩子，想爸爸吗？"

"想。"我们说，心里咚咚直跳。

"爸爸好吗？"

"好。"我们都哭开了。

"你们不能离开爸爸，我们都不能离开爸爸啊！"她突然大声地说，并拿出一封信来。我一看，是爸爸寄来的，我多么熟悉爸爸的字呀，多少天来，一直盼着爸爸能寄来信，可是这时，我却害怕了，怕打开那封信。母亲说：

"你五叔已经给我念过了，你再念一遍吧。"

我念起来：

"龙儿妈：

"我是多么想你们啊！我写给你们几封信，全让扣押了，亏得一位好心的看守答应把这封信给你们寄去……接到信后，不要为我难过，我一切都好。

"算起来，夫妻三十年了，谁也没料到这晚年还有那么大的风波！我能顶住，我相信党，也相信我个人。活着，我还是共产党人，就是死了，历史也会证明我是共产党的鬼。可是现在，我却坑害了你们。我知道你和孩子正受苦，这是使我常常感到悲痛的事，但你们要活下去，而且要活得好！所以，我求你们忘掉我，龙儿妈，还是咱们离了婚好……"

我哇的一声哭了，弟弟妹妹也哭了起来，母亲却一个一个地拉起我们说：

"孩子，不要哭，咱信得过你爸爸，他就是坐个十年八年牢，咱等着他！龙儿，你给你爸爸回封信吧，你就说：咱们能活下去，黄连再苦，咱们能咽下！"

母亲牙齿咬着，大睁着两眼，我们都吓得不敢哭了，看着她的脸，像读着一本宣言。母亲的那眼睛，那眉峰，那嘴角，从那以后，就永生永世地刻在我的心上了。

这天夜里，天很黑，半夜里乌云吞了月亮，半空中响着雷，电也在闪，像魔爪一样在撕抓着，是在试天牢不牢吗？母亲安顿我们睡下了，她又坐在灯下纺起线来。那纺车摇得生欢，手里的棉花无穷无尽地抽线……鸡叫二遍的时候，又一阵炸雷，她爬过来，就悄悄地坐在我们身边，借着电光，端详起我们每一张脸，替我们揩去脸上的泪痕，当她给我揩泪的时候，我终忍不住，眼泪从闭着的眼皮下簌簌流下来，她说：

"你还没睡着？"

我爬起来，和母亲一块坐在那里；母亲突然流下泪来，说：

"咳，孩子，你还不该这么懂事的呀！"

我说：

"妈，你儿子已经长大了哩！"

母亲赶忙擦了擦眼泪说：

"孩子，我有一件事想给你说，我作难了半夜，实在不忍心，可也只有这样了。今年年景不好，吃的、烧的艰难，我到底是妇道人家，拿不来多少；你爸不在，弟弟妹妹都小，现在只能靠得上你了，你把书拿回来抽空自学吧，好赖一天挣些工分，帮我一把力吧。"

我说：

"我早该回来了，你别担心，我挣工分了，咱日子会好过哩。"

从此，我就退学务农了。生产队给我每天记四分工，算起来，每天不过挣了二角钱。但我总不白叫母亲养活了！母亲照样给人纺线，又养了猪，油、盐、酱、醋，总算还没断过顿的。

但是，这年冬天，母亲的纺车却坏了。先是一个轮翅裂了，母亲用铁丝缠了几道箍，后来就是杆子也炸了缝，一摇起来，就呱啦呱啦响，纺线没有先前那么顺手了：往日一天纺五两，现在只能纺三两。母亲很是发愁，我也愁，想买一辆新的，可去木匠铺打问过了，一辆新纺车得十五元。这十五元在哪儿呢？

这一天，我偷偷跑上楼，将爸爸藏在楼角的几大包书提了下来，准备拿到废纸收购店去卖了。正提着要出门，母亲回来了，问我去干啥？我说卖书去，她脸变了，我赶忙说：

"卖了，能凑着给你买一辆新纺车啊……"

母亲一个巴掌就打在我的脸上，骂道：

"给我买纺车？我那么想买纺车的？！咹！"

"不买新的，纺不出线，咱们怎么活下去呀？"我再说。

"活？活？那么贱着活？为啥全都不死了？！"她更加气得浑身发抖，嘴唇乌青，一只手死死抓着心口，我知道她胃疼又犯了，忙近去劝她，她却抓起一根推磨棍，向我身上打来，我一低头，忙从门道里跑出来，她在后边骂道：

"你爸一辈子，还有什么家当？就这一块书，他看得命样重，我跟了他三十年，跑这调那，我带什么过？就这一包袱一包袱背了书走！如今又为这书，你爸被人绳捆索绑，我把它藏这藏那，好不容易留下来，你却要卖？你爸回来了还用不用？你是要杀你爸吗？！"

听了母亲的话，我才知道自己错了。我不敢回去，跑到生产队大场上，钻在麦秸堆中呜呜地哭了一场。哭着哭着，便睡着了，一觉醒来，竟是第二天早上了，拍打着头上的麦草，就往回走。才进巷口，弟弟在那里嘤嘤泣哭，一见我，就喜得不哭了，给我笑笑，却又哭开了，说："昨天晚上，全家人到处找你，崖沟里看了，水塘里看了，全没个影子，母亲差不多快要急疯了，直着声哭了一夜，头在墙上都撞烂了。"

"哥哥，你快回去吧，你一定要回去！"

我撒脚就往回跑，跪在母亲面前，让她狠狠骂一顿，打一顿，但是，母亲却死死搂住我，让我原谅她，说她做妈的不好。

中午，隔壁刘五叔到家里来，给我们送了半口袋苞谷面，他是一位老实庄稼人，常常来家里走动，说他历史清白，世代贫农，到"黑帮"家里来，不怕被开除了农民籍。他问了父亲的近况，叹息了一番，就和母亲唠叨起家常，说到今年的收成，说到柴火茶饭，末了，就说起买纺车的事，他便出了主意：让我进山砍柴去卖吧；柴价上涨，一次砍五六十斤吧，也可以卖到二元钱哩。母亲先是不同意，我在旁紧紧撺掇，她沉吟了一会儿，说：

"他五叔，这行吗？孩子太嫩啊，有个三长两短，我对得起他爸吗？"

五叔说：

"这有什么办法呢？总要活呀？你放心吧，孩子交给我，我护着他，包没甚事的。"

母亲总算同意了，就帮我收拾了背笼、砍刀，天一黑，早早催我去睡了。半夜里，她摇我醒来，炕头上已放了碗热腾腾的糊涂饭，说是吃早饭。我怨她做饭做得稠，她说这是去出力呀，可不比平日。我给她盛了一碗，她硬不吃；逼紧了，扒拉两口，却把弟弟妹妹全摇醒，分给他们吃了。末了，我和五叔出门，她给我装了一手巾烤洋芋，一直送着出了村，千叮咛万叮咛了一番，方才抹着泪回去了。

在山上砍柴，实在不是件轻松事，我们弯弯曲曲地在河沟钻了半夜，天放亮的时候，才赶到砍柴的地方。我们将干粮压在石板底下，五叔说，这样才不会让老鸹①叼走的；就爬上崖上去砍那些枯蒿野棘的。崖很陡，我总是爬不上去，五叔拉我上去了，却害怕地挪不开脚来。一棵野棘没有砍倒，手上就打了血泡，衣服也划破了，五叔就让我别砍了，他身子贴在崖壁上，砍得很是

---

① 老鸹：乌鸦的俗称。

凶，满山满谷都是回音。我帮他整理柴堆，整到一块了，他捆成捆儿，就从山上推下沟去了。中午的时候，我们便溜下沟，拾掇了背笼，吃了干粮，欢天喜地地往回赶了。

回来的路显得比去时更长，走不到几程，小腿就哗哗直抖，稍不留神，就会跪倒下去了。路是顺河绕的，时不时还要过河面上的列石：走一步，心就在喉咙处跳一下；我一步一颠的，好容易过了最后一块列石，使劲往岸下一蹿，没想一步没踩稳，便"扑"地倒下了。五叔忙过来拉我，好容易从柴堆下爬起来，腿却碰破了，血水往出流。五叔就在山上撕一把蓖蓖芽草，在嘴里嚼烂了，敷在上面。血是不流了，但疼得厉害，五叔就让我只身走，他将两个背笼来回转背着。我看着心里不安，硬嚷着要背，他便让我背了在后边慢慢走，他将他的背笼背一程了，回来再接我。这样一直到了太阳西下，我们总算钻出了山沟，离家只有八里路了吧？我心里很高兴，时不时抬头看看前边；过了这个村，到了哪个庄呢？离家还能有多远呢？这一次刚一抬头，就看见前边走来一个人，背着一个空背笼，头发被风刮披在后肩，样子很是单薄。啊，这不是母亲吗？我大声叫道：

"妈！妈——"

果然是母亲！她是来接我的。一看见我背了这么多的柴，喜欢得什么样的；再一见我腿上的伤，眼泪就流了下来，我说：

"妈，这一定有六十斤哩，可以卖二元钱哩，再去砍上五六次，就可以买个新纺车了哩！妈，你也应该高兴呀！"

母亲就对我努力地笑笑，分了一半柴背了，娘儿俩一路说不完的话。

这背笼柴，第三天的集市上便卖了，果然卖了二元钱。一家人捏着那票子，一张一张蘸着唾沫数了，又用红布包了，压在箱子底里。打这以后，打柴给了我希望和力量，差不多隔三天就进一次山。头几次倒要五叔照顾，后来自己也练出来了。柴打回来，是我最有兴致的时候，总是不歇，借杆秤称了，一根一根在门前垒齐了，就给母亲和弟妹讲山上的故事；我讲多长，他们就听多久。

就在那月底，我们全家人都到木匠铺去，买回来了一辆新的纺车。最高兴的莫过于母亲了，她显得很年轻，脸上始终在笑着，把那纺车一会儿放在中堂上，一会儿又搬到炕角上，末了，又移到院中的榆树下去纺。她让我给爸爸写信，告诉他这是我的功劳，说孩子长大了，真的长大了，让他什么也别操心，好好珍重身子，将来回来了，儿子还可以买个眼镜给他，晚上备课就不眼花了。最后，硬要弟弟、妹妹都来填名，还让我握着她手在信上画了字。这一次，她在新纺车上纺了六两线，那"嗡儿，嗡儿"的声音，响了一天半夜，好像那是一架歌子，摇摇任何地方，都能发出音乐来的。

母亲的线越纺越多，家里开始有了些积攒，母亲就心大起来，她从邻居借了一架织布机，织起布来卖了。终日里，小院子里一道一道的绳子上，挂满了各色二浆线；太阳泛红的时候，就喜欢经线、经筒儿一摆儿插在那里，她牵着几十个线头，魔术似的来回拉着跑，那小脚颤颤的，像小姑娘一样的快活了。晚上，机子就在门道里安好了，她坐上去，脚一踏，手一搬，咔哩咔当，满机动弹：家里就又增加起一种音乐了。

母亲织的布，密、光，白的像一张纸，花的像画一样艳，街坊四邻看见了，没有一个不夸的。布落了机，就拿到集市去卖，每集都能买回来米呀，面呀，盐呀，醋呀，竟还给我们兄妹买了东西：妹妹是一人一面小圆镜；我和弟弟是一支钢笔，说以后还要再买些书，让我们好好自学些文化。

我照例还去砍柴。没想有一次砍了漆树，竟中了毒，满脸满身上长出红疹子，又肿起来，眼睛都几乎看不见了。不几天，弟弟妹妹和母亲也中毒，脸都肿得发亮。听人说，用韭菜水洗能治好，母亲就到处找韭菜，熬了水一天三次给我们洗。可她，还是照样纺线，照样织布，当织完一个布下来，她眼睛快肿成一个烂桃儿样了。我拿了这布去卖，没想，那集上来了民兵小分队，说是要刹资本主义妖风，就开始包围了集市检查。集市炸了，人们没命地惊跑，我抱了布慌慌张张跑进一个巷去，那巷却是条死巷，就叫小分队将布收走了。我哭着回来，又不敢回家，只坐在村口哭。母亲知道了，把我拉了回去，弟弟妹妹在家里也哭作一团，眼看太阳压山了，中午饭也没心思去做。母亲让弟弟做，弟弟说他不饿，让我去做，我说肚子发鼓胀，母亲叹了一口气，自己去舀水起火，但很快又从厨房出来，端了一盆韭菜水放在我们面前，说：

"不许哭！都洗洗脸！"

我们都止了哭，洗了脸。

母亲就拉了我们向镇子上走去，一直走到镇中一家饭馆里，让我们坐了，买了五碗米饭，一盘大肉，一盘豆腐，一盘粉条，说：

"吃吧，孩子，这饭可香哩！"

我们都不吃，她就先吃起来，大口大口地，吃得很香；我们也就都吃起来，但觉得并不香。母亲问：

"香吗？"

弟弟摇摇头，我赶忙递过一个眼色，于是我们都齐声说：

"好香。"

吃罢饭，母亲说她到民兵小分队部去一趟，让我把弟弟妹妹领回去，再好好洗洗韭菜水。这一夜，她便没有回来，我们都提心吊胆的。第二天一早，她回来了，满脸的高兴，说她把布要回来了，可走到半路，就又出售，接着就手揣在怀里，说：

"你猜，我给你买了什么？"

"烧饼！"我说。

"再猜。"她笑着说。

"帽子！"我想这一下一定猜对了。

母亲还是摇摇头，突然一亮手，原来是一本语文课本。她喜欢地说：

"孩子，日子能过得去了，就要把学习捡起来，要不爸爸回来了，看见一个校长的儿子是文盲，他会怎么个伤心呢？"

我说：

"学那有什么用场！"

她生气了：

"再不准你说这没出息的话！文化还有瞎的地方？"

我问起布是怎么还给的，她只笑笑，说句"我要的"，就罢了。后来我才打听到，原来母亲去要布时，人家百般训斥，拿难听的话骂她，她只是不走，人家就下令：要取回布，必须把分队部门前的一条排水沟挖通。她咬了咬牙，整整在那里挖了一夜……可她，我的好母亲，至今没有给我们说过这一段辛酸事儿。

有了笔，又有了书，一抽空，我就狠命地学习起来。每天晚上了，我要是看书，母亲就纺着线陪我；她要是纺线，我就看着书陪她。这样，分两处点油灯，煤油用得很费，母亲就把纺车搬到我的房间来纺，可那纺车"嗡儿，嗡儿"地响，她怕影响我，就又把纺车搬到院里的月光下去纺了。每当我看书看得身疲意懒，就走出门来，站在台阶上看母亲纺线，那"嗡儿，嗡儿"的响声，立刻给我浑身一震，脑子也就清醒多了，反身又去看书。

几乎就从那时起，我便坚持自学，读完了初中课程，又读完了高中课程，还将楼上爸爸的那几大包书也读了一半。"四人帮"一粉碎，爸爸"解放"回来了，那时他的问题才着手平反，我就报考了大学，竟被录取了。从此，我就带着母亲为我做的那套土布印花被子，来到了大城市，开始了新的生活；几年间，再没有见到我的母亲。后来，父亲给我来了信，信上说：

"我的问题彻底落实了，组织上给平了反，恢复了职务，又补发了两千元工资。但你母亲要求我将一千元交了党费，另一千元买了一担粮食，给救济过咱家的街坊四邻每家十元，剩下的五百元，全借给生产队买了一台粉碎机。她身体似乎比以前还好，只是眼睛渐渐不济了，但每天每晚还要织布、纺线……"

读着父亲的信，我脑子里就又响起那"嗡儿、嗡儿"的声音了。啊，母亲，你还是坐在那院中的月光底下，摇着那辆纺车吗？那榆树梢上的月亮该是满圆了吧？那无穷无尽的棉线，又抽出了你多少幸福的心绪啊，那辆纺车又陪伴着你会唱出什么新的生活之歌呢？母亲！

1979年8月4日夜作于西安

雪
——纪念母亲

◆蒋勋

    雪落下来了，纷纷乱乱，错错落落。好像暮春时分漫天飞舞的花瓣，非常轻，一点点风，就随着飞扬回旋，在空中聚散离合。

    每年冬天都来V城看母亲，却从没遇到这么大的雪。

    在南方亚热带的岛屿长大，生活里完全没有经验过雪。小时候喜欢收集西洋圣诞节的卡片，上面常有白皑皑的雪景。一群鹿拉着雪橇，在雪地上奔跑。精致一点的，甚至在卡片上洒了一层玻璃细粉，晶莹闪烁，更增加了我对美丽雪景的幻想。

    母亲是地道的北方人，在寒冷的北方住了半辈子。和她提起雪景，她却没有很好的评价。她拉起裤管，指着小腿近足踝处一个小铜钱般的疤，她说：这就是小时候留下的冻疮。"雪里走路，可不好受。"她说。

    中学时为了看雪，参加了合欢山的滑雪冬训活动。在山上住了一个星期，各种滑雪技巧都学了，可是等不到雪。别说是雪，连霜都没有，每天艳阳高照。我们就穿着雪鞋，在绿油油的草地上滑来滑去，假装各种滑雪的姿势。

大学时，有一年冬天，北方冷气团来了，气温陡降。新闻报道台北近郊的竹子湖山上飘雪。那天教"秦汉史"的傅老师，也是北方人，谈起雪，勾起了他的乡愁吧，便怂恿大伙上山赏雪。学生当然雀跃响应，停了一课，步行上山去寻雪。

还没到竹子湖，半山腰上，四面八方都是人，山路早已壅塞不通。一堆堆的游客，戴着毡帽，围了围巾，穿起羽绒衣，臃臃肿肿，彼此笑闹推挤，比台北市中心还热闹嘈杂，好像过年一样。

天上灰云密布，是有点要降雪的样子。再往山上走，山风很大，呼啸着，但仍看不见雪。偶然飘下来一点像精制盐的细粉，大家就伸手去承接，惊叫欢呼：雪！雪！赶紧把手伸给别人看，但是凑到眼前，什么都没有了。

没有想到真正的雪是这样下的。一连下了几个小时不停。像撕碎的鹅毛，像扯散的棉絮，像久远梦里的一次落花，无边无际，无休无止，这样富丽繁华，又这样朴素沉静。

母亲因罹患糖尿病，一星期洗三次肾。我去V城看她的次数也越来越多。洗肾回来，睡了一觉，不知被什么惊醒，母亲怔忡地问我：下雪了吗？

我说：是。扶她从床上坐起，我问她：要看吗？她点点头。

母亲的头发全灰白了，剪得很短，干干地飞在头上，像一蓬沾了雪的枯草。

我扶她坐上轮椅，替她围了条毯子。把轮椅推到客厅的窗前，拉开窗帘，外面的雪下得更大了。一霎时，树枝上，草地上，屋顶上，都积了厚厚的雪。只有马路上的雪，被车子碾过，印下黑黑的车辙，其他的地方都成白色。很纯粹洁净的白，雪使一切复杂的物象统一在单纯的白色里。

地上的雪积厚了，行人走过都特别小心。一个人独自一路走去，路上就留着长长的一行脚印，渐行渐远。

雪继续下，脚印慢慢被新雪覆盖，什么也看不出了。只有我一直凝视，知道曾经有人走过。"好看吗？"

我靠在轮椅旁，指给母亲看繁花一样的雪漫天飞扬。

母亲没有回答。她睡着了。她的头低垂到胸前，裹在厚厚的红色毛毯里，看起来像沉湎在童年的梦里。

没有什么能吵醒她，没有什么能惊扰，她好像一心专注在听自己故乡落雪的声音。

有一群海鸥和乌鸦聒噪着，为了争食被车碾过的雪地上的鼠尸，扑哧着翅膀，一面锐声厉叫，一面乘隙叼食地上的尸肉。雪，沉静在地面上的雪，被它们的扑翅惊动，飞扬起来。雪这么轻，一点点风，一点点不安骚动，就纷乱了起来。

"啊……"

母亲在睡梦中长长叹了一声。她的额头，眉眼四周，嘴角，两颊，下巴，颈项各处，都是皱纹，像雪地上的辙痕，一道一道，一条一条，许多被惊扰的痕迹。

大雪持续了一整天。地上的雪堆得有半尺高了。小树丛的顶端也顶着一堆雪，像蘑菇的帽子。

被车轮轧过的雪结了冰，路上很滑，开车的人很小心，车子无声滑过。白色的雪掺杂着黑色的泥，也不再纯白洁净了。看起来有一点邋遢。路上的行人，怕滑了跤，走路也特别谨慎，每一步都踏得稳重。

入夜以后，雪还在落，扶母亲上床睡了。临睡前她叮咛我：床头留一盏灯，不要关。

我独自靠在窗边看雪。客厅的灯都熄了。只有母亲卧房床头一盏幽微遥远的光，反映在玻璃上。室外因此显得很亮，白花花澄净的雪，好像明亮的月光。

没有想到下雪的夜晚户外是这么明亮的。看起来像宋人画的雪景。宋人画雪不常用锌白、铅粉这些颜料，只是把背景用墨衬黑，一层层渲染，留出山头的白，树梢的白，甚至花蕾上的白。

白，到了是空白。白，就仿佛不再是色彩，不再是实体的存在。白，变成一种心境，一种看尽繁华之后生命终极的领悟吧。

唐人张若虚，看江水，看月光，看空中飞霜飘落，看沙渚上的鸥鸟，看到最后，都只是白，都只是空白。他说：空里流霜不觉飞，汀上白沙看不见。

白，是看不见的，只能是一种领悟。远处街角有一盏路灯，照着雪花飞扬。像舞台上特别打的灯光，雪在光里迷离纷飞，像清明时节山间祭拜亲人烧剩的纸灰，纷纷扬扬，又像千万只刚刚孵化的白蝴蝶，漫天飞舞。

远远听到母亲熟睡时缓慢悠长的鼻息，像一片一片雪花，轻轻沉落到地上。

镆铘岛人

◆ 马未都

父亲口吃，时重时轻，关键看什么人在场。按母亲的话，他生怕生人不知道他是个结巴。言外之意，父亲在生人面前，第一次开口先表明自己的弱项，而且总是夸大了这一毛病。

我小时候听过父亲做报告，记得我站在大礼堂门口，听了一个多小时也没见他结巴一句，好生奇怪地回了家。后来在电视上看见有明星介绍自己，平时结巴，一演戏口若悬河，就深信不疑。

父亲行伍出身，但有些文化。据父亲讲，五岁时他的祖父、我的曾祖父天天背着他去读书。父亲是长子长孙，估计在封建观念很重的民国初期，还是占便宜的。我的老家在胶东半岛的顶端，有一狭长的间歇半岛，名叫镆铘岛，名字古老而有文化，取自宝剑之名。间歇半岛是非常奇异罕见的地貌现象，每天退潮后形成半岛，有一条路与大陆相连；镆铘岛海底沙子硬朗，退潮后可以开车出入，全世界都不多见，价值连城，如开发为旅游地，肯定是个聚宝盆。可惜在三十多年前被无知的时代无知的人费劲巴拉修了一条水泥马路，把这个间歇半岛彻底毁了，当时还大张旗鼓地上了报纸，当好事宣传了很久。

父亲十几岁的时候就从镇锣岛中走出来当了兵，参加了革命。因为有点儿文化，一直做思想工作，从指导员、教导员干到政委。父亲曾经对我说，他们一同出来当兵的有三十九人，到解放那年就剩一个半了：他一个全活人，还有一个负伤致残。抗日战争期间，山东战斗激烈，日本人的"三光政策"大部分都是在山东境内实施的。老电影《苦菜花》《铁道游击队》都是描写山东的抗日战争。解放战争时，山东战场打得惨烈，父亲打完孟良崮战役，打济南战役，接着打淮海战役、渡江战役，最后打完上海战役进驻上海，五年后奉命晋京。

父亲开朗，小时候我印象中的他永远是笑呵呵的，连战争的残酷都以轻松的口吻叙述，从不渲染。他告诉我，他和日本人拼过刺刀，一瞬间要和一个素昧平生的人决以生死，其残酷可想而知。他脸上有疤，战争时代留下的，你问他，他就会说，挂花谁都挂过，军人嘛，活下来就是幸运了。

我从父亲身上学到的坚强与乐观，一辈子受用。上一代人经历风风雨雨，在今天的下一代人看来都不可思议。从战争中走出来，九死一生；进入和平建设时期，各类运动对今天的青年来说，闻所未闻；"三反""五反"，"反右""四清"，"文化大革命"，那一代人无论职位高低都要历练一番，都要"经风雨，见世面"。

我虽是长子，小时候还是有些怕父亲。那时的家长对孩子动粗是家常便饭，军队大院里很流行这种风气，所以我看电视剧《激情燃烧的岁月》中石光荣打孩子，觉得真实解气，多少还有点儿幸灾乐祸。小时候家中没什么可玩的，没玩具也没游戏机、电视什么的，男孩子稍大都是满院子野。一到吃饭的时候，就能听得见各家大人呼唤孩子吃饭的热情叫声。父亲叫我的名字总要加一个"小"字，"小未都小未都"地一直叫到我二十多岁，也不管有没有生人在场。

战争中走过来的军人对孩子的爱是粗线条的，深藏不露。我甚至不记得父亲搂过我亲过我，人受环境的影响都是不知不觉的，战争时期没有儿女情长。我十五岁那年，父亲带我第一次回老家。山东人乡土观念重，但他参军后很少回家，因为要打报告获准。他在路上对我说，十多年没回老家了，很想亲人，想看看爹和娘，你弟妹不能都带上，带上你就够了。那次让我感到做长子的不同。

那时路上火车很慢，他按规定可以报销卧铺票，我得自费。那年月没人会自费买卧铺，都在硬座上忍忍就过去了。我和父亲就一张卧铺，他让我先睡，他在我身边凑合坐着。我十五岁已长到成人的个儿，睡觉也不老实，结果躺下一觉到天亮，醒来看见父亲一人坐在铺边上，瞧样子就知他一宿没睡。我有些内疚，父亲安慰我说，小时候他的祖父还每天背着他渡海去读书呢！

我与父亲很亲，但回忆起他来却什么事也连不成个，支离破碎的。印象深刻的是父亲那一笔十分有个性的字，书体独特，找不着字帖可比。以前电话没这么方便，父亲常写信给我们兄妹，那时候半年一年见不到父亲是常事，父亲在湖南株洲、四川江油"四清""支左"过，这些历史今天解释起来都有些困难。

小时候做点错事，父亲就会说，你小子想造反哪！说着说着还憋不住扇一巴掌。终于在我十一岁那年夏天，楼上一个比我大两岁的孩子告诉我，可以造反啦！在那天之前，"造反"在我印象里是个坏词，可那天之后，报纸上居然印着"造反有理"，天地翻覆了。我们当时无法知道那场"革命"对父亲那辈共产党人有多大影响，反正从那年夏天起，家里就再没有消停过。

一九六八年的隆冬，父亲只身带着我们兄妹三人，拎着两件全家的行李，登上了北去的列车，到了黑龙江省宁安县的空军"五七干校"。直至一九七一年初我才又回到北京，所以我一老北京，户口本上却奇怪地写着由黑龙江省宁安县迁入。如不说这段历史，户口本是没法证明我是土生土长的北京人的。我生于北京，长于北京，只有那两年不在北京，连户口都迁了出去，按老话说算是闯了关东。

刚去东北的时候特苦，吃食堂，没油水，而我们都是长身体的时候。空军干校是由废弃机场临时改建的，空旷的视野中净是些没用的大房子。东北的冷那才叫真正的冷，一直可以冻得人意志崩溃。那时的人觉得做无产阶级光荣，所以家里什么都没有；从北京启程的时候，父亲在行李中只塞了一口单柄炒菜锅，木柄已卸掉，避免太占地。刚到干校的一天，父亲叫上我们兄妹三人，随他走到很远的一座大房子里，这座房子估计以前是个库房，四处漏风，中间有一个高高的油桶改装的大炉子。父亲拢上柴，点上火，支上锅，安上锅柄，变戏法地从军大衣兜里掏出几把黄豆，在锅中翻炒起来。炉子太高，父亲架着胳膊，看着很辛苦，他嘴里不停地说，火不能太大，大了就煳了，别急啊！我们兄妹就满屋子捡碎木头细树枝，帮助父亲添柴。

我看见父亲被火光映红的脸露出了笑容，父亲说，总算炒好了，放凉了就能吃了。他高高地举着胳膊欲将锅从火炉上端下来，一瞬间，事故发生了，由于锅柄安得不牢，炒菜锅一下倾翻，一锅黄豆一粒不落地扣入火中，火苗子蹿起一人多高。

那天，我的难过我还可以描述，可父亲的难过恐怕无法说清。

就是这样的小事，让我记住了父亲。父亲晚年本来身体特棒，却不幸罹患癌症，七十二岁过早地去世了。那段日子我工作忙，只为父亲挑选了一块墓地，其他事情都由母亲和弟妹做了。父亲病重的日子，曾把我单独叫到床前，他告诉我，他不想治疗了，每一分钟都特别难过，癌细胞侵蚀的滋味不仅仅是疼，还难受得说不清道不明。他说，人总要走完一生，看着你们都成家了，我就放心了。再治疗下去，我也不会好起来，还会连累所有人。

父亲经过战争，穿越了枪林弹雨，幸存于世。他开玩笑地对我说过，曾有一发哑弹，落在他眼前的一位战友身上，战友牺牲了，他万幸活着，如果死了就不会有我了。所以每个人来到世间，说起来都是极偶然的事。

癌症最不客气，也没规律，赶上了就得认真对待。过去这关属命大，过不去也属正常。父亲认真地说，拔掉所有的管子吧，这是我的决定。我含泪咨询了主治医生，治疗下去是否会有奇迹发生？医生给我的回答是否定的。

一九九八年十二月十九日晚上，在拔掉维持生命的输液管四天后，父亲与世长辞，留给我无尽的痛。过去老话说，树欲静而风不止，子欲养而亲不待。深刻而富于哲理。

父亲口吃，终生未获大的改观，但他最愿做的事就是教孩子们如何克服口吃。我年少的时候，常看见他耐心地向我口吃的同学传授一技之长。他说，口吃怕快，说话慢些拖个长音就可解决。一次，我看见他在一群孩子中间手指灯泡认真地教学：灯——泡！开——关！其乐融融。

父亲走了整十年了，只要回忆起他就会怅然，很多时候还会梦见他。有时候我一个人独坐窗前思念父亲，他的耿直、幽默、达观等优秀品质均不具体，能想起又倍感亲切的却是父亲的毛病——口吃。反倒是这时，痛苦的回忆让我哑然失笑，让我能提起笔来为父亲写这篇祭文。

2008年12月19日父亲十周年祭

（选自马未都散文集《背影》）

回声

◆ 李广田

　　不怕老祖父的竹戒尺，也还是最喜欢跟着母亲到外祖家去，这原因是为了去听琴。

　　外祖父是一个花白胡须的老头子，在他的书房里也有一张横琴，然而我并不喜欢这个。外祖父常像瞌睡似的俯在他那横琴上，慢慢地拨弄那些琴弦，发出如苍蝇的营营声，苍蝇，多么腻人的东西，毫无精神，叫我听了只是心烦，那简直就如同老祖父硬逼我念古书一般。我与其听这营营声，还不如到外边的篱笆上听一片枯叶的歌子更好些。那是在无意中被我发现的。一日，我从篱下走过，一种奇怪的声音招呼我，那仿佛是一只蚂蚱的振翅声，又好像一只小鸟的剥啄。然而这是冬天，没有蚂蚱，也不见啄木鸟。虽然在想象中我已经看见驾着绿鞍的小虫，和穿着红裙的没尾巴的小鸟。那声音又似在故意逗我，一会唱唱，一会又歇歇。我费了不少时间终于寻到那个发声的机关：是篱笆上一片枯叶，在风中战动，与枯枝摩擦而发出好听的声响，我喜欢极了，我很想告诉外祖："放下你的，来听我的吧。"但因为要偷偷藏住这点快乐，终于也不曾告诉别人。

然而我最喜欢的还不在此。我还是喜欢听琴——听那张长大无比的琴。

那时侯我当然还没有一点地理知识。但又不知是从什么人听说过：黄河是从西天边一座深山中流来，黄荡荡如来自天上，一直泻入东边的大海，而中间呢，中间就恰好从外祖家的屋后流过。这是天地间一大奇迹，这奇迹，常常使我用心思索。黄河有多长，河堤也有多长，而外祖家的房舍就紧靠着堤身。这一带居民均占有这种便宜，不但在官地上建造房屋，而且以河堤作为后墙，故从前面看去，俨然如一排土楼，从后面看去，则只能看见一排茅檐。堤前堤后，均有极整齐的官柳，冬夏四季，都非常好看。而这道河堤，这道从西天边伸到东天边的河堤，便是我最喜欢的一张长琴：堤身即琴身。堤上的电杆木就是琴柱，电杆木上的电线就是琴弦了。

最乐意到外祖家去，而且乐意到外祖家夜宿，就是为了听这长琴的演奏。

只要是有风的日子，就可以听到这长琴的嗡嗡声。那声音颇难比拟，人们说那像老头子哼哼，我心里却甚难佩服。尤其当深夜时候，尤其是在冬天的夜里，睡在外祖母的床上，听着墙外的琴声简直不能入睡。冬夜的黑暗是容易使人想到许多神怪事物的，而在一个小孩子的心里却更容易遐想，这嗡嗡的琴声就作了我遐想的序曲。我从那黄河发源地的深山，缘着琴弦，想到那黄河所倾注的大海。我猜想那山是青的，山里有奇花异草，有珍禽怪兽；我猜想那海水是绿色的，海上满是小小白帆，水中满是翠藻银鳞。而我自己呢，仿佛觉得自己很轻，很轻，我就缘着那条琴弦飞行。我看见那条琴弦在月光中发着银光，我可以看到它的两端，却又觉得那琴弦长到无限。我渐渐有些晕眩，在晕眩中我用一个小小的铁锤敲打那条琴弦，于是那琴弦就发出嗡嗡的声响。这嗡嗡的琴声就直接传到我的耳里，我仿佛飞行了很远很远，最后才发觉自己仍是躺在温暖的被里。我的想象又很自然地转到外祖父身上，我又想起外祖父的横琴，想起那横琴的腻人的营营声。这声音和河堤的长琴混合起来，我乃觉得非常麻烦，仿佛眼前有无数条乱丝搅动在一起，我的思想愈思愈乱，我看见外祖父也变了原来的样子，他变成一个雪白须眉的老人，连衣服也是白的，为月光所洗，浑身上下颤动着银色的波纹。我知道这已不复是外祖，乃是一个神仙、一个妖怪，他每天夜里在河堤上敲打琴弦。我极力想把那老人的影像同外祖父分开，然而不可能，他们老是纠缠在一起。我感到恐怖。我的恐怖却又诱惑我到月夜中去，假如趁这时候一个人跑到月夜的河堤上该是怎样呢。恐怖是美丽的，然而到底还是恐怖。最后连我自己也分裂为二，我的灵魂在月光下的河堤上伫立，感到寒战，而我的身子却越发地向被下畏缩，直到蒙头裹脑睡去为止。

在这样的夜里，我会做出许多怪梦，可惜这些梦也都过去的许多事实一样，都被我忘在模糊中了。

来到外祖家，我总爱一个人跑到河堤上，尤其每次刚刚来到的次日早晨，不管天气多么冷，也不管河堤上的北风多么凛冽，我总愿偷偷地跑到堤上，紧紧抱住电杆木，把耳朵靠在电杆上，听那最清楚的嗡嗡声。有时还故意地用力踢那电杆木，使那嗡嗡声发出一种节奏，心里觉得特别喜欢。

然而北风的寒冷总是难当的，我的手、我的脚、我的耳朵，其初是疼痛，最后是麻木，回到家里才知道已经成了冻疮，尤以脚趾肿痛得最厉害。因此，我有一整个冬季不能到外祖家去，而且也不能出门，闷在家里，我真是寂寞极了。

"为了不能到外祖家去听琴，便这样忧愁的吗？"老祖母见我郁郁不快的神色，这样子慰问我。不经慰问倒还是无事，这最知心的慰问才更唤起我的悲哀。

祖母的慈心总是值得感激的，时至现在，则可以说是值得纪念的了，因为她已完结了她最平凡的，也可以说是最悲剧的一生，升到天国去了。在当时，她曾以种种方法使我快乐，虽然她所用的方法不一定能使我快乐。

她给我说故事，给我唱谣曲，给我说黄河水灾的可怕，说老祖宗兜土为山的传说，并用竹枝草叶为我做种种玩具。亏她想得出：她又把一个小瓶悬在风中叫我听琴。

那是怎样的一个小瓶啊，那个小瓶可还存在吗，提起来倒是非常怀念了。那瓶的大小如苹果，浑圆如苹果，只是多出一个很小很厚的瓶嘴儿。颜色是纯白，材料很粗糙，并没有什么光亮的瓷釉。那种质朴老实样子，叫人疑心它是一件古物，而那东西也确实在我家传递了许多世代。老祖母从一个旧壁橱中找出这小瓶时，小心地拂拭着瓶上的尘土，以严肃的微笑告诉道："别看这小瓶不好，这却是祖上的传家宝呢。我们的老祖宗——可是也不记得是哪一位了，但愿他在天上做神仙——他是一个好心肠的医生，他用他的通神的医道救活过许多垂危的人。他曾用许多小瓶珍藏一些灵药，而这个小白瓶儿就是被传留下来的一个。"一边说着，一边又显出非常惋惜的神气。我听了老祖母的话也默然无语，因为我也同样地觉得很惋惜。我想象当年一定有无数这样大小瓶儿，同样大，同样圆，同样是白色，同样是好看，可是现在就只剩着这么一个了。那些可爱的小瓶儿都分散到哪里去了呢？而且还有那些灵药，还有老祖宗的好医术呢？我简直觉得可哀了。

那时候老祖母有多大年纪，也不甚清楚，但总是五十多岁的人吧，虽然头发已经苍白，身体却还相当康健，她不惮烦劳地为我做着种种事情。

把小白瓶拂拭洁净之后，她乃笑着对我说道："你看，你看，这样吹，这样吹。"同时说着把瓶口对准自己的嘴唇把小瓶吹出呜呜的鸣声。我喜欢极了，当然她是更喜欢。她教我学吹，我居然也吹得响。于是她又说："这还不算为奇，我要把它系在高杆上，北风一吹，它也会呜呜地响。这就和你在河堤上听琴是一样的了。"

她继续忙着。她向几个针线筐里乱翻，她是要找寻一条结实的麻线。她把麻线系住瓶口，又自己搬一把高大的椅子，放在一根晒衣服的高杆下面。唉，这些事情我记得多么清楚啊！她在椅子上摇摇晃晃的样子，现在叫我想起来才觉得心惊。而且那又是在冷风之中，她摇摇晃晃地立在椅子上，伸直了身子，举起了双手，把小白瓶向那晒衣杆上紧系。她把那麻绳缠一匝，又一匝，结一个疙瘩，又一个疙瘩，唯恐那小瓶被风吹落，摔碎了祖宗的宝贝。她笑着，我也笑着，却都不曾言语。我们只等把小瓶系牢之后立刻就听它发出呜呜响声。老祖母把一条长麻线完全结在上边了，她摇摇晃晃地从椅子上下来，我看出她的疲乏，我听出她的喘哮来了，然而，然而那个小瓶，在风中却没有一点声息。

　　我同老祖母都仰着脸望那风中的瓶儿，两人心中均觉得黯然，然而老祖母却还在安慰我："好孩子，不必发愁，今天风太小，几时刮大风，一定可以听到呜呜响了。"

　　以后过了许多日子，也刮过好多次老北风，然而那小白瓶还是一点不动，不发出一点声息。

　　现在我每逢走过电杆木，听见电杆木发出嗡嗡声时，就很自然地想起这些。现在外祖家已经衰落不堪，只剩下孤儿寡妇，一个舅母和一个表弟，在赤贫中过困苦日子，我的老祖父和祖母都去世多年了。

1936年12月9日　济南

怀念萧珊

◆ 巴金

一

今天是萧珊逝世的六周年纪念日。六年前的光景还非常鲜明地出现在我的眼前。那一天我从火葬场回到家中，一切都是乱糟糟的，过了两三天我渐渐地安静下来了，一个人坐在书桌前，想写一篇纪念她的文章。在五十年前我就有了这样一种习惯：有感情无处倾吐时我经常求助于纸笔。可是一九七二年八月里那几天，我每天坐三四个小时望着面前摊开的稿纸，却写不出一句话。我痛苦地想，难道给关了几年的"牛棚"，真的就变成"牛"了？头上仿佛压了一块大石头，思想好像冻结了一样。我索性放下笔，什么也不写了。

六年过去了。林彪、"四人帮"及其爪牙们的确把我搞得很"狼狈"，但我还是活下来了，而且偏偏活得比较健康，脑子也并不糊涂，有时还可以写一两篇文章。最近我经常去火葬场，参加老朋友们的骨灰安放仪式。在大厅里，我想起许多事情。同样地奏着哀乐，我的思想却从挤满了人的大厅转到只有二三十个人的中厅里去了，我们正在用哭声向萧珊的遗体告别。我记起了《家》里面觉新说过的一句话："好像珏死了，也是一个不祥的鬼。"四十七年前我写这句话的时候，怎么想得到我是在写自己！我没有流眼泪，可是我觉得有无数锋利的指甲在搔我的心。我站在死者遗体旁边，望着那张惨白色的脸，那两片咽下千言万语的嘴唇，我咬紧牙齿，在心里唤着死者的名字。我想，我比她大十三岁，为什么不让我先死？我想，这是多么不公平！她究竟犯了什么罪？她也给关进"牛棚"，挂上"牛鬼蛇神"的小纸牌，还扫过马路。究竟为什么？理由很简单，她是我的妻子。她患了病，得不到治疗，也因为她是我的妻子。想尽办法一直到逝世前三个星期，靠开后门她才住进医院。但是癌细胞已经扩散，肠癌变成了肝癌。

她不想死，她要活，她愿意改造思想，她愿意看到社会主义建成。这个愿望总不能说是痴心妄想吧。她本来可以活下去，倘使她不是"黑老K"的"臭婆娘"。一句话，是我连累了她，是我害了她。

在我靠边的几年中间，我所受到的精神折磨她也同样受到。但是我并未挨过打，她却挨了"北京来的红卫兵"的铜头皮带，留在她左眼上的黑圈好几天以后才褪尽。她挨打只是为了保护我，她看见那些年轻人深夜闯进来，害怕他们把我揪走，便溜出大门，到对面派出所去，请民警同志出来干预。那里只有一个人值班，不敢管。当着民警的面，她被他们用铜头皮带狠狠抽了一下，给押了回来，同我一起关在马桶间里。

她不仅分担了我的痛苦，还给了我不少的安慰和鼓励。在"四害"横行的时候，我在原单位（中国作家协会上海分会）给人当作"罪人"和"贱民"看待，日子十分难过，有时到晚上九十点钟才能回家。我进了门看到她的面容，满脑子的乌云都消散了。我有什么委屈、牢骚，都可以向她尽情倾吐。有一个时期我和她每晚临睡前要服两粒眠尔通才能够闭眼，可是天刚刚发白就都醒了。我唤她，她也唤我。我诉苦般地说："日子难过啊！"她也用同样的声音回答："日子难过啊！"但是她马上加一句："要坚持下去。"或者再加一句："坚持就是胜利。"我说"日子难过"，因为在那一段时间里，我每天在"牛棚"里面劳动、学习、写交代、写检查、写思想汇报。任何人都可以责骂我、教训我、指挥我。从外地到"作协分会"来串连的人可以随意点名叫我出去"示众"，还要自报罪行。上下班不限时间，由管理"牛棚"的"监督组"随意决定。任何人都可以闯进我家里来，高兴拿什么就拿走什么。这个时候大规模的群众性批斗和电视批斗大会还没有开始，但已经越来越逼近了。

她说"日子难过"，因为她给两次揪到机关，靠边劳动，后来也常常参加陪斗。在淮海中路"大批判专栏"上张贴着批判我的罪行的大字报，我一家人的名字都给写出来"示众"，不用说"臭婆娘"的大名占着显著的地位。这些文字像虫子一样咬痛她的心。她让上海戏剧学院"狂妄派"学生突然袭击、揪到"作协分会"去的时候，在我家大门上还贴了一张揭露她的所谓罪行的大字报。幸好当天夜里我儿子把它撕毁。否则这一张大字报就会要了她的命！

人们的白眼，人们的冷嘲热骂蚕食着她的身心。我看出来她的健康逐渐遭到损害。表面上的平静是虚假的。内心的痛苦像一锅煮沸的水，她怎么能遮盖住！怎么能使它平静！她不断地给我安慰，对我表示信任，替我感到不平。然而她看到我的问题一天天地变得严重，上面对我的压力一天天地增加，她又非常担心。有时同我一起上班或者下班，走近巨鹿路口，快到"作协分会"，或者走近湖南路口，快到我们家，她总是抬不起头。我理解她，同情她，也非常担心她经受不起沉重的打击。我记得有一天到了平常下班的时间，我们没有受到留难，回到家里她比较高兴，到厨房去烧菜。我翻看当天的报纸，在第三版上看到当时做了"作协分会"的"头头"的两个工人作家写的文章《彻底揭露巴金的反革命真面目》。真是当头一棒！我看了两三行，连忙把报纸藏起来，我害怕让她看见。她端着烧好的菜出来，脸上还带笑容，吃饭时她有说有笑。饭后她要看报，我企图把她的注意力引到别处。但是没有用，她找到了报纸。她的笑容一下子完全消失。这一夜她再没有讲话，早早地进了房间。我后来发现她躺在床上小声哭着。一个安静的夜晚给破坏了。今天回想当时的情景，她那张满是泪痕的脸还在我的眼前。我多么愿意让她的泪痕消失，笑容在她那憔悴的脸上重现，即使减少我几年的生命来换取我们家庭生活中一个宁静的夜晚，我也心甘情愿！

二

我听周信芳同志的媳妇说，周的夫人在逝世前经常被打手们拉出去当作皮球推来推去，打得遍体鳞伤。有人劝她躲开，她说："我躲开，他们就要这样对付周先生了。"萧珊并未受到这种新式体罚。可是她在精神上给别人当皮球打来打去。她也有这样的想法：她多受一点精神折磨，可以减轻对我的压力。其实这是她一片痴心，结果只苦了她自己。我看见她一天天地憔悴下去，我看她的生命之火逐渐熄灭，我多么痛心。我劝她，安慰她，我想拉住她，一点也没有用。

她常常问我："你的问题什么时候才解决呢？"我苦笑着说："总有一天会解决的。"她叹口气说："我恐怕等不到那个时候了。"后来她病倒了，有人劝她打电话找我回家，她不知从哪里得来的消息，她说："他在写检查，不要打岔他。他的问题大概可以解决了。"等到我从"五七"干校回家休假，她已经不能起床。她还问我检查写得怎样，问题是否可以解决。我当时的确在写检查，而且已经写了好几次了。他们要我写，只是为了消耗我的生命。但她怎么能理解呢?

　　这时离她逝世不过两个多月,癌细胞已经扩散,可是我们不知道,想找医生给她认真检查一次,也毫无办法。平日去医院挂号看门诊,等了许久才见到医生或者实习医生,随便给开个药方就算解决问题。只有在发烧到摄氏三十九度才有资格挂急诊号,或者还可以在病人拥挤的观察室里待上一天半天。当时去医院看病找交通工具也很困难,常常是我女婿借了自行车来,让她坐在车上,他慢慢地推着走。有一次她雇到小三轮卡①去看病,看好门诊回家雇不到车了,只好同陪她看病的朋友一起慢慢地走回来,走走停停,走到街口,她快要倒下了,只得请求行人到我们家通知。她一个表侄正好来探病,就由他去把她背了回家。她希望拍一张X光片子查一查肠子有什么病,但是办不到。后来靠了她一位亲戚帮忙开后门两次拍片,才查出她患肠癌。以后又靠朋友设法开后门住进了医院。她自己还很高兴,以为得救了。只有她一个人不知真实的病情,她在医院里只活了三个星期。

　　我休假回家假期满了,我又请过两次假,留在家里照料病人。最多也不到一个月。我看见她病情日趋严重,实在不愿意把她丢开不管,我要求延长假期的时候,我们那个单位的一个"工宣队"头头逼着我第二天就回干校去。我回到家里,她问起来,我无法隐瞒。她叹了一口气,说:"你放心去吧。"她把脸掉过

————————————

①小三轮卡:一种小型三轮载货车。

去，不让我看她。我女儿、女婿看到这种情景，自告奋勇跑到巨鹿路向那位"工宣队"头头解释，希望同意我在市区多留些日子照料病人。可是那个头头"执法如山"，还说：他不是医生，留在家里，有什么用！"留在家里对他改造不利！"他们气愤地回到家中，只说机关不同意，后来才对我传达了这句"名言"。我还能讲什么呢？明天回干校去！

整个晚上她睡不好，我更睡不好。出乎意外，第二天一早我那个插队落户的儿子在我们房间里出现了，他是昨天半夜里到的。他得到了家信，请假回家看母亲，却没有想到母亲病成这样。我见了他一面，把他母亲交给他，就回干校去了。

在车上我的情绪很不好。我实在想不通为什么会有这样的事情。我在干校待了五天，无法同家里通消息。我已经猜到她的病不轻了。可是人们不让我过问她的事情。这五天是多么难熬的日子！到第五天晚上在干校的造反派头头通知我们全体第二天一早回市区开会。这样我才又回到了家，见到我的爱人。靠了朋友帮忙，她可以住进中山医院肝癌病房，一切都准备好，她第二天就要住院了。她多么希望住院前见我一面，我终于回来了。连我也没有想到她的病情发展得这么快。我们见了面，我一句话也讲不出来。她说了一句："我到底住院了。"我答说："你安心治疗吧。"她父亲也来看她，老人家双目失明，去医院探病有困难，可能是来同他的女儿告别了。

我吃过中饭，就去参加给别人戴上反革命帽子的大会，受批判、戴帽子的人不止一个，其中有一个我的熟人王若望同志，他过去也是作家，不过比我年轻。我们一起在"牛棚"里关过一个时期，他的罪名是"摘帽右派"。他不服，不听话，他贴出大字报，声明"自己解放自己"，因此罪名越搞越大，给捉去关了一个时期不算，还戴上了反革命的帽子监督劳动。在会场里我一直像在做怪梦。开完会回家，见到萧珊我感到格外亲切，仿佛重回人间。可是她不舒服，不想讲话，偶尔讲一句半句。我还记得她讲了两次："我看不到了。"我连声问她看不到什么？她后来才说："看不到你解放了。"我还能再讲什么呢？

我儿子在旁边，垂头丧气，精神不好，晚饭只吃了半碗，像是患感冒。她忽然指着他小声说："他怎么办呢？"他当时在安徽山区农村已经待了三年半，政治上没有人管，生活上不能养活自己，而且因为是我的儿子，给剥夺了好些公民权利。他先学会沉默，后来又学会抽烟。我怀着内疚的心情看看他。我后悔当初不该写小说，更不该生儿育女。我还记得前两年在痛苦难熬的时候她对我说："孩子们说爸爸做了坏事，害了我们大家。"这好像用刀子在割我身上的肉。我没有出声，我把泪水全吞在肚里。她睡了一觉醒过来忽然问我："你明天不去了？"我说："不去了。"就是那个"工宣队"头头今天通知我不用再去干校就留在市区。他还问我："你知道萧珊是什么病？"我答说："知道。"其实家里瞒住我，不给我知道真相，我还是从他这句问话里猜到的。

三

第二天早晨她动身去医院，一个朋友和我女儿、女婿陪她去。她穿好衣服等候车来。她显得急躁，又有些留恋，东张张西望望，她也许在想是不是能再看到这里的一切。我送走她，心上反而加了一块大石头。

将近二十天里，我每天去医院陪伴她大半天。我照料她，我坐在病床前守着她，同她短短地谈几句话。她的病情恶化，一天天衰弱下去，肚子却一天天大起来，行动越来越不方便。当时病房里没有人照料，生活方面除饮食外一切都必须自理。后来听同病房的人称赞她"坚强"，说她每天早晚都默默地挣扎着下了床，走到厕所。医生对我们谈起，病人的身体经不住手术，最怕的是她的肠子堵塞，要是不堵塞，还可以拖延一个时期。她住院后的半个月是一九六六年八月以来我既感痛苦又感到幸福的一段时间，是我和她在一起度过的最后的平静的时刻，我今天还不能将它忘记。但是半个月以后，她的病情又有了发展，一天吃中饭的时候，医生通知我儿子找我去谈话。他告诉我：病人的肠子给堵住了，必须开刀。开刀不一定有把握，也许中途出毛病。但是不开刀，后果更不堪设想。他要我决定，并且要我劝她同意。我做了决定，就去病房对她解释。我讲完话，她只说了一句："看来，我们要分别了。"她望着我，眼睛里全是泪水。我说："不会的……"我的声音哑了。接着护士长来安慰她，对她说："我陪你，不要紧的。"她回答："你陪我就好。"时间很紧迫，医生、护士们很快做好了准备，她给送进手术室去了，是她的表侄把她推到手术室门口的。我们就在外面廊上等了好几个小时，等到她平安地给送出来，由儿子把她推回到病房去。儿子还在她的身边守过一个夜晚。过两天他也病倒了，查出来他患肝炎，是从安徽农村带回来的。本来我们想瞒住他的母亲，可是无意间让他母亲知道了。她不断地问："儿子怎么样？"我自己也不知道儿子怎么样，我怎么能使她放心呢？晚上回到家，走进空空的、静静的房间，我几乎要叫出声来："一切都朝我的头打下来吧，让所有的灾祸都来吧。我受得住！"

我应当感谢那位热心而又善良的护士长，她同情我的处境，要我把儿子的事情完全交给她办。她做好安排，陪他看病、检查，让他很快住进别处的隔离病房，得到及时的治疗和护理。他在隔离病房里苦苦地等候母亲病情的好转。母亲躺在病床上，只能有气无力地说几句短短的话，她经常问："棠棠怎么样？"从她那双含泪的眼睛里我明白她多么想看见她最爱的儿子。但是她已经没有精力多想了。

她每天给输血，打盐水针。她看见我去就断断续续地问我："输多少西西①的血？该怎么办？"我安慰她："你只管放心。

①西西：容积计量单位，现多用毫升。1西西即1毫升。

没有问题，治病要紧。"她不止一次地说："你辛苦了。"我有什么苦呢？我能够为我最亲爱的人做事情，哪怕做一件小事，我也高兴！后来她的身体更不行了。医生给她输氧气，鼻子里整天插着管子。她几次要求拿开，这说明她感到难受，但是听了我们的劝告，她终于忍受下去了。开刀以后她只活了五天。谁也想不到她会去得这么快！五天中间我整天守在病床前，默默地望着她在受苦（我是设身处地感觉到这样的），可是她除了两三次要求搬开床前巨大的氧气筒，三四次表示担心输血较多付不出医药费之外，并没有抱怨过什么。见到熟人她常有这样一种表情：请原谅我麻烦了你们。她非常安静，但并未昏睡，始终睁大两只眼睛。眼睛很大，很美，很亮。我望着，望着，好像在望快要燃尽的烛火。我多么想让这对眼睛永远亮下去！我多么害怕她离开我！我甚至愿意为我那十四卷"邪书"受到千刀万剐，只求她能安静地活下去。

不久前我重读梅林写的《马克思传》，书中引用了马克思给女儿的信里的一段话，讲到马克思夫人的死。信上说："她很快就咽了气。……这个病具有一种逐渐虚脱的性质，就像由于衰老所致一样。甚至在最后几小时也没有临终的挣扎，而是慢慢地沉入睡乡。她的眼睛比任何时候都更大、更美、更亮！"这段话我记得很清楚。马克思夫人也死于癌症。我默默地望着萧珊那对很大、很美、很亮的眼睛，我想起这段话，稍微得到一点安慰。听说她的确也"没有临终的挣扎"，也是"慢慢地沉入睡乡"。我这样说，因为她离开这个世界的时候，我不在她的身边。那天是星期天，卫生防疫站因为我们家发现了肝炎病人，派人上午来做消毒工作。她的表妹有空愿意到医院去照料她，讲好我们吃过中饭就去接替。没有想到我们刚刚端起饭碗，就得到传呼电话，通知我女儿去医院，说是她妈妈"不行"了。真是晴天霹雳！我和我女儿、女婿赶到医院。她那张病床上连床垫也给拿走了。别人告诉我她在太平间。我们又下了楼赶到那里，在门口遇见表妹。还是她找人帮忙把"咽了气"的病人抬进来的。死者还不曾给放进铁匣子里送进冷库，她躺在担架上，但已经给白布床单包得紧紧的，看不到面容了。我只看到她的名字。我弯下身子，把地上那个还有点人形的白布包拍了好几下，一面哭着唤她的名字。不过几分钟的时间。这算是什么告别呢？

据表妹说，她逝世的时刻，表妹也不知道。她曾经对表妹说："找医生来。"医生来过，并没有什么。后来她就渐渐地"沉入睡乡"。表妹还以为她在睡眠。一个护士来打针，才发觉她的心脏已经停止跳动了。我没有能同她诀别，我有许多话没有能向她倾吐，她不能没有留下一句遗言就离开我！我后来常常想，她对表妹说："找医生来"，很可能不是"找医生"，是"找李先生"（她平日这样称呼我）。为什么那天上午偏偏我不在病房呢？家里人都不在她身边，她死得这样凄凉！

我女婿马上打电话给我们仅有的几个亲戚。她的弟媳赶到医院，马上晕了过去。三天以后在龙华火葬场举行告别仪式。她的朋友一个也没有来，因为一则我们没有通知，二则我是一个审查了将近七年的对象。没有悼词，没有吊客，只有一片伤心的哭声。我衷心感谢前来参加仪式的少数亲友和特地来帮忙的我女儿的两三个同学。最后，我跟她的遗体告别，女儿望着遗容哀哭，儿子在隔离病房还不知道把他当作命根子的妈妈已经死亡。值得提说的是她当作自己儿子照顾了好些年的一位亡友的男孩从北京赶来，只为了看见她的最后一面。这个整天同钢铁打交道的技术员，他的心倒不像钢铁那样。他得到电报以后，他爱人对他说："你去吧，你不去一趟，你的心永远安定不了。"我在变了形的她的遗体旁边站了一会。别人给我和她照了相。我痛苦地想：这是最后一次了，即使给我们留下来很难看的形象，我也要珍视这个镜头。

一切都结束了。过了几天我和女儿、女婿到火葬场，领到了她的骨灰盒。在存放室寄存了三年之后，我按期把骨灰盒接回家里。有人劝我把她的骨灰安葬，我宁愿让骨灰盒放在我的寝室里，我感到她仍然和我在一起。

四

梦魇一般的日子终于过去了。六年仿佛一瞬间似的远远地落在后面了。其实哪里是一瞬间！这段时间里有多少流着血和泪的日子啊。不仅是六年，从我开始写这篇短文到现在又过去了半年，半年中我经常在火葬场的大厅里默哀，行礼，为了纪念给"四人帮"迫害致死的朋友。想到他们不能把个人的智慧和才华献给社会主义祖国，我万分惋惜。每次戴上黑纱、插上纸花的同时，我也想起我自己最亲爱的朋友，一个普通的文艺爱好者，一个成绩不大的翻译工作者，一个心地善良的人。她是我的生命的一部分，她的骨灰里有我的泪和血。

她是我的一个读者。一九三六年我在上海第一次同她见面。一九三八年和一九四一年我们两次在桂林像朋友似的住在一起。一九四四年我们在贵阳结婚。我认识她的时候，她还不到二十，对她的成长我应当负很大的责任。她读了我的小说，给我写信，后来见到了我，对我发生了感情。她在中学念书，看见我以前，因为参加学生运动被学校开除，回到家乡住了一个短时期，又出来进另一所学校。倘使不是为了我，她三七、三八年一定去了延安。她同我谈了八年的恋爱，后来到贵阳旅行结婚，只印发了一个通知，没有摆过一桌酒席。从贵阳我和她先后到了重庆，住在民国路文化生活出版社门市部楼梯下七八个平方米的小屋里。她托人买了四只玻璃杯开始组织我们的小家庭。她陪着我经历了各种艰苦生活。在抗日战争紧张的时期，我们一起在日军进城以前十多个小时逃离广州，我们从广东到广西，从昆明到桂林，从金华到温州，我们分散了，又重见，相见后又别离。在我那两册《旅途通讯》中就有一部分这种生活的记录。四十年前有一位朋友批评我："这算什么文章！"我的《文集》出版后，另一位朋友认为我不应当把它们也收进去。他们都有道理，两年来我对朋友、对读者讲过不止一次，我决定不让《文集》重版。但是为我自己，我要经常翻看那两小册《通讯》。在那些年代，每当我落在困苦的境地里、朋友们各奔前程的时候，她总是亲切地在我的耳边说："不要难过，我不会离开你，我在你的身边。"的确，只有在她最后一次进手术室之前她才说过这样一句："我们要分别了。"

我同她一起生活了三十多年。但是我并没有好好地帮助过她。她比我有才华，却缺乏刻苦钻研的精神。我很喜欢她翻译的普希金和屠格涅夫的小说。虽然译文并不恰当，也不是普希金和屠格涅夫的风格，它们却是有创造性的文学作品，阅读它们对我是一种享受。她想改变自己的生活，不愿做家庭妇女，却又缺少吃苦耐劳的勇气。她听一个朋友的劝告，得到后来也是给"四人帮"迫害致死的叶以群同志的同意，到《上海文学》"义务劳动"，也做了一点点工作，然而在运动中却受到批判，说她专门向老作家组稿，又说她是我派去的"坐探"。她为了改造思想，想走捷径，要求参加"四清"运动，找人推荐到某铜厂的工作组工作，工作相当忙碌、紧张，她却精神愉快。但是到我快要靠边的时候，她也被叫回"作协分会"参加运动。她第一次参加这种急风暴雨般的斗争，而且是以"反动权威"家属的身份参加，她不知道该怎么办才好。她张皇失措，坐立不安，替我担心，又为儿女的前途忧虑。她盼望什么人向她伸出援助的手，可是朋友们离开了她，"同事们"拿她当作箭靶，还有人想通过整她来整我。她不是"作协分会"或者刊物的正式工作人员，可是仍然被"勒令"靠边劳动、站队挂牌，放回家以后，又给揪到机关。过一个时期，她写了认罪的检查，第二次给放回家的时候，我们机关的造反派头头却通知里弄委员会罚她扫街。她怕人看见，每天大清早起来，拿着扫帚出门，扫得精疲力尽，才回到家里，关上大门，吐了一口气。但有时她还碰到上学去的小孩，对她叫骂"巴金的臭婆娘"。我偶尔看见她拿着扫帚回来，不敢正眼看她，我感到负罪的心情，这是对她的一个致命的打击。不到两个月，她病倒了，以后就没有再出去扫街（我妹妹继续扫了一个时期），但是也没有完全恢复健康。尽管她还继续拖了四年，但一直到死她并不曾看到我恢复自由。这就是她的最后，然而绝不是她的结局。她的结局将和我的结局连在一起。

我绝不悲观。我要争取多活。我要为我们社会主义祖国工作到生命的最后一息。在我丧失工作能力的时候，我希望病榻上有萧珊翻译的那几本小说。等到我永远闭上眼睛，就让我的骨灰同她的搀和在一起。

1979年1月16日写完

阿长与《山海经》

◆鲁迅

长妈妈，已经说过，是一个一向带领着我的女工，说得阔气一点，就是我的保姆。我的母亲和许多别的人都这样称呼她，似乎略带些客气的意思。只有祖母叫她阿长。我平时叫她"阿妈"，连"长"字也不带；但到憎恶她的时候，——例如知道了谋死我那隐鼠的却是她的时候，就叫她阿长。

我们那里没有姓长的；她生得黄胖而矮，"长"也不是形容词。又不是她的名字，记得她自己说过，她的名字是叫作什么姑娘的。什么姑娘，我现在已经忘却了，总之不是长姑娘；也终于不知道她姓什么。记得她也曾告诉过我这个名称的来历：先前的先前，我家有一个女工，身材生得很高大，这就是真阿长。后来她回去了，我那什么姑娘才来补她的缺，然而大家因为叫惯了，没有再改口，于是她从此也就成为长妈妈了。

虽然背地里说人长短不是好事情，但倘使要我说句真心话，我可只得说：我实在不大佩服她。最讨厌的是常喜欢切切察察，向人们低声絮说些什么事。还竖起第二个手指，在空中上下摇动，或者点着对手或自己的鼻尖。我的家里一有些小风波，不知怎的我总疑心和这"切切察察"有些关系。又不许我走动，拔一株草，翻一块石头，就说我顽皮，要告诉我的母亲去了。一到夏天，睡觉时她又伸开两脚两手，在床中间摆成一个"大"字，挤得我没有余地翻身，久睡在一角的席子上，又已经烤得那么热。推她呢，不动；叫她呢，也不闻。

"长妈妈生得那么胖，一定很怕热罢？晚上的睡相，怕不见得很好罢？……"

母亲听到我多回诉苦之后，曾经这样地问过她。我也知道这意思是要她多给我一些空席。她不开口。但到夜里，我热得醒来的时候，却仍然看见满床摆着一个"大"字，一条臂膊还搁在我的颈子上。我想，这实在是无法可想了。

但是她懂得许多规矩；这些规矩，也大概是我所不耐烦的。一年中最高兴的时节，自然要数除夕了。辞岁之后，从长辈得到压岁钱，红纸包着，放在枕边，只要过一宵，便可以随意使用。睡在枕上，看着红包，想到明天买来的小鼓、刀枪、泥人、糖菩萨……然而她进来，又将一个福橘放在床头了。

"哥儿，你牢牢记住！"她极其郑重地说，"明天是正月初一，清早一睁开眼睛，第一句话就得对我说：'阿妈，恭喜恭喜！'记得么？你要记着，这是一年的运气的事情。不许说别的话！说过之后，还得吃一点福橘。"她又拿起那橘子来在我的眼前摇了两摇，"那么，一年到头，顺顺溜溜……"

梦里也记得元旦的，第二天醒得特别早，一醒，就要坐起来。她却立刻伸出臂膊，一把将我按住。我惊异地看她时，只见她惶急地看着我。

她又有所要求似的，摇着我的肩。我忽而记得了——

"阿妈，恭喜……"

"恭喜恭喜！大家恭喜！真聪明！恭喜恭喜！"她于是十分喜欢似的，笑将起来，同时将一点冰冷的东西，塞在我的嘴里。我大吃一惊之后，也就忽而记得，这就是所谓福橘，元旦辟头的磨难，总算已经受完，可以下床玩耍去了。

她教给我的道理还很多，例如说人死了，不该说死掉，必须说"老掉了"；死了人，生了孩子的屋子里，不应该走进去；饭粒落在地上，必须拣起来，最好是吃下去；晒裤子用的竹竿底下，是万不可钻过去的……此外，现在大抵忘却了，只有元旦的古怪仪式记得最清楚。总之，都是些烦琐之至，至今想起来还觉得非常麻烦的事情。

然而我有一时也对她发生过空前的敬意。她常常对我讲"长毛"。她之所谓"长毛"者，不但洪秀全军，似乎连后来一切土匪强盗都在内，但除却革命党，因为那时还没有。她说的长毛非常可怕，他们的话就听不懂。她说先前长毛进城的时候，我家全都逃到海边去了，只留一个门房和年老的煮饭老妈子看家。后来长毛果然进门来了，那老妈子便叫他们"大王"——据说对长毛就应该这样叫——诉说自己的饥饿。长毛笑道："那么，这东西就给你吃了罢！"将一个圆圆的东西掷了过来，还带着一条小辫子，正是那门房的头。煮饭老妈子从此就骇破了胆，后来一提起，还是立刻面如土色，自己轻轻地拍着胸脯道："啊呀，骇死我了，骇死我了……"

我那时似乎倒并不怕，因为我觉得这些事和我毫不相干的，我不是一个门房。但她大概也即觉到了，说道："像你似的小孩子，长毛也要掳的，掳去做小长毛。还有好看的姑娘，也要掳。"

"那么，你是不要紧的。"我以为她一定最安全了，既不做门房，又不是小孩子，也生得不好看，况且颈子上还有许多灸疮疤。

"哪里的话？！"她严肃地说，"我们就没有用处？我们也要被掳去。城外有兵来攻的时候，长毛就叫我们脱下裤子，一排一排地站在城墙上，外面的大炮就放不出来；再要放，就炸了！"

这实在是出于我意想之外的，不能不惊异。我一向只以为她满肚子是麻烦的礼节罢了，却不料她还有这样伟大的神力。从此对于她就有了特别的敬意，似乎实在深不可测；夜间的伸开手脚，占领全床，那当然是情有可原的了，倒应该我退让。

这种敬意，虽然也逐渐淡薄起来，但完全消失，大概是在知道她谋害了我的隐鼠之后。那时就极严重地诘问，而且当面叫她阿长。我想我又不真做小长毛，不去攻城，也不放炮，更不怕炮炸，我惧惮她什么呢！

但当我哀悼隐鼠，给它复仇的时候，一面又在渴慕着绘图的《山海经》了。这渴慕是从一个远房的叔祖惹起来的。他是一个胖胖的，和蔼的老人，爱种一点花木，如珠兰茉莉之类，还有极其少见的，据说从北边带回去的马缨花。他的太太却正相反，什么也莫名其妙，曾将晒衣服的竹竿搁在珠兰的枝条上，枝折了，还要愤愤地咒骂道："死尸！"这老人是个寂寞者，因为无人可谈，就很爱和孩子们往来，有时简直称我们为"小友"。在我们聚族而居的宅子里，只有他书多，而且特别。制艺和试帖诗，自然也是有的；但我却只在他的书斋里，看见过陆玑的《毛诗草木鸟兽虫鱼疏》，还有许多名目很生的书籍。我那时最爱看的是《花镜》，上面有许多图。他说给我听，曾经有过一部绘图的《山海经》，画着人面的兽，九头的蛇，三脚的鸟，生着翅膀的人，没有头而以两乳当作眼睛的怪物……可惜现在不知道放在哪里了。

我很愿意看看这样的图画，但不好意思力逼他去寻找，他是很疏懒的。问别人呢，谁也不肯真实地回答我。压岁钱还有几百文，买罢，又没有好机会。有书买的大街离我家远得很，我一年中只能在正月间去玩一趟，那时候，两家书店都紧紧地关着门。

玩的时候倒是没有什么的，但一坐下，我就记得绘图的《山海经》。

大概是太过于念念不忘了，连阿长也来问《山海经》是怎么一回事。这是我向来没有和她说过的，我知道她并非学者，说了也无益；但既然来问，也就都对她说了。

过了十多天，或者一个月罢，我还很记得，是她告假回家以后的四五天，她穿着新的蓝布衫回来了，一见面，就将一包书递给我，高兴地说道：

"哥儿，有画儿的'三哼经'，我给你买来了！"

我似乎遇着了一个霹雳，全体都震悚起来；赶紧去接过来，打开纸包，是四本小小的书，略略一翻，人面的兽，九头的蛇……果然都在内。

这又使我发生新的敬意了，别人不肯做，或不能做的事，她却能够做成功。她确有伟大的神力。谋害隐鼠的怨恨，从此完全消灭了。

这四本书，乃是我最初得到，最为心爱的宝书。

书的模样，到现在还在眼前。可是从还在眼前的模样来说，却是一部刻印都十分粗拙的本子。纸张很黄；图像也很坏，甚至于几乎全用直线凑合，连动物的眼睛也都是长方形的。但那是我最为心爱的宝书，看起来，确是人面的兽；九头的蛇；一脚的牛；袋子似的帝江；没有头而"以乳为目，以脐为口"，还要"执干戚而舞"的刑天。

此后我就更其搜集绘图的书，于是有了石印的《尔雅音图》和《毛诗品物图考》，又有了《点石斋丛画》和《诗画舫》。

《山海经》也另买了一部石印的，每卷都有图赞，绿色的画，字是红的，比那木刻的精致得多了。这一部直到前年还在，是缩印的郝懿行疏。木刻的却已经记不清是什么时候失掉了。

我的保姆，长妈妈即阿长，辞了这人世，大概也有了三十年了罢。我终于不知道她的姓名，她的经历；仅知道有一个过继的儿子，她大约是青年守寡的孤孀。

仁厚黑暗的地母呵，愿在你怀里永安她的魂灵！

三月十日

宗月大师

◆ 老舍

在我小的时候，我因家贫而身体很弱。我九岁才入学。因家贫体弱，母亲有时候想叫我去上学，又怕我受人家的欺侮，更因交不上学费，所以一直到九岁我还不识一个字。说不定，我会一辈子也得不到读书的机会。因为母亲虽然知道读书的重要，可是每月间三四吊钱的学费，实在让她为难。母亲是最喜脸面的人。她迟疑不决，光阴又不等待着任何人，荒来荒去，我也许就长到十多岁了。一个十多岁的贫而不识字的孩子，很自然地去做个小买卖——弄个小筐，卖些花生、煮豌豆或樱桃什么的。要不然就是去学徒。母亲很爱我，但是假若我能去做学徒，或提篮沿街卖樱桃而每天赚几百钱，她或者就不会坚决地反对。穷困比爱心更有力量。

有一天刘大叔偶然地来了。我说"偶然地"，因为他不常来看我们。他是个极富的人，尽管他心中并无贫富之别，可是他的财富使他终日不得闲，几乎没有工夫来看穷朋友。一进门，他看见了我。"孩子几岁了？上学没有？"他问我的母亲。他的声音是那么洪亮（在酒后，他常以学喊俞振庭的《金钱豹》自傲），他的衣服是那么华丽，他的眼是那么亮，他的脸和手是那么白嫩肥胖，使我感到我大概是犯了什么罪。我们的小屋，破桌凳，土炕，几乎禁不住他的声音的震动。等我母亲回答完，刘大叔马上决定："明天早上我来，带他上学，学钱、书籍，大姐你都不必管！"我的心跳起多高，谁知道上学是怎么一回事呢！

第二天，我像一条不体面的小狗似的，随着这位阔人去入学。学校是一家改良私塾，在离我的家有半里多地的一座道士庙里。庙不甚大，而充满了各种气味：一进山门先有一股大烟味，紧跟着便是糖精味（有一家熬制糖球糖块的作坊），再往里，是厕所味，与别的臭味。学校是在大殿里。大殿两旁的小屋住着道士，和道士的家眷。大殿里很黑、很冷。神像都用黄布挡着，供桌上摆着孔圣人的牌位。学生都面朝西坐着，一共有三十来人。西墙上有一块黑板——这是"改良"私塾。老师姓李，一位极死板而极有爱心的中年人。刘大叔和李老师"嚷"了一顿，而后叫我拜圣人及老师。老师给了我一本《地球韵言》和一本《三字经》。我于是，就变成了学生。

自从做了学生以后，我时常地到刘大叔的家中去。他的宅子有两个大院子，院中几十间房屋都是出廊的。院后，还有一座相当大的花园。宅子的左右前后全是他的房屋，若是把那些房子齐齐地排起来，可以占半条大街。此外，他还有几处铺店。每逢我去，他必招呼我吃饭，或给我一些我没有看见过的点心。他绝不以我为一个苦孩子而冷淡我，他是阔大爷，但是他不以富傲人。

在我由私塾转入公立学校去的时候，刘大叔又来帮忙。这时候，他的财产已大半出了手。他是阔大爷，他只懂得花钱，而不知道计算。人们吃他，他甘心叫他们吃；人们骗他，他付之一笑。他的财产有一部分是卖掉的，也有一部分是被人骗了去的。他不管；他的笑声照旧是洪亮的。

到我在中学毕业的时候，他已一贫如洗，什么财产也没有了，只剩了那个后花园。不过，在这个时候，假若他肯用用心思，去调整他的产业，他还能有办法叫自己丰衣足食，因为他的好多财产是被人家骗了去的。可是，他不肯去请律师。贫与富在他心中是完全一样的。假若在这时候，他要是不再随便花钱，他至少可以保住那座花园，和城外的地产。可是，他好善。尽管他自己的儿女受着饥寒，尽管他自己受尽折磨，他还是去办贫儿学校，粥厂，等等慈善事业。他忘了自己。就是在这个时候，我和他过往得最密。他办贫儿学校，我去做义务教师。他施舍粮米，我去帮忙调查及散放。在我的心里，我很明白：放粮放钱不过只是延长贫民的受苦难的日期，而不足以阻拦住死亡。但是，看刘大叔那么热心，那么真诚，我就顾不得和他辩论，而只好也出点力了。即使我和他辩论，我也不会得胜，人情是往往能战败理智的。

在我出国以前，刘大叔的儿子死了。而后，他的花园也出了手。他入庙为僧，夫人与小姐入庵为尼。由他的性格来说，他似乎势必走入避世学禅的一途。但是由他的生活习惯上来说，大家总以为他不过能念念经，布施布施僧道而已，而绝对不会受戒出家。他居然出了家。在以前，他吃的是山珍海味，穿的是绫罗绸缎。他也嫖也赌。现在，他每日一餐，入秋还穿着件夏布道袍。这样苦修，他的脸上还是红红的，笑声还是洪亮的。对佛学，他有多么深的认识，我不敢说。我却真知道他是个好和尚，他知道一点便去做一点，能做一点便做一点。他的学问也许不高，但是他所知道的都能见诸实行。

出家以后，他不久就做了一座大寺的方丈。可是没有好久就被驱除出来。他是要做真和尚，所以他不惜变卖庙产去救济苦人。庙里不要这种方丈。一般地说，方丈的责任是要扩充庙产，而不是救苦救难的。离开大寺，他到一座没有任何产业的庙里做方丈。他自己既没有钱，他还须天天为僧众们找到斋吃。同时，他还举办粥厂等等慈善事业。他穷，他忙，他每日只进一顿简单的素餐，可是他的笑声还是那么洪亮。他的庙里不应佛事，赶到有人来请，他便领着僧众给人家去唪①真经，不要报酬。他整天不在庙里，但是他并没忘了修持；他持戒越来越严，对经义也深有所获。他白天在各处筹钱办事，晚间在小室里做工夫。谁见到这位破和尚也不曾想到他曾是个在金子里长起来的阔大爷。

———————————
① 唪：高声念诵。

去年，有一天他正给一位圆寂了的和尚念经，他忽然闭上了眼，就坐化了。火葬后，人们在他的身上发现许多舍利。

没有他，我也许一辈子也不会入学读书。没有他，我也许永远想不起帮助别人有什么乐趣与意义。他是不是真的成了佛？我不知道。但是，我的确相信他的居心与言行是与佛相近似的。我在精神上物质上都受过他的好处，现在我的确愿意他真的成了佛，并且盼望他以佛心引领我向善，正像在三十五年前，他拉着我去入私塾那样！

他是宗月大师。

原载1940年1月23日《华西日报》

辑二

心上有个人，才能活下去

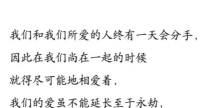

我们和我们所爱的人终有一天会分手，

因此在我们尚在一起的时候

就得尽可能地相爱着，

我们的爱虽不能延长至于永劫，

但还可以扩大至于无穷。

花边饺

◆ 肖复兴

　　小时候，包饺子是我家的一桩大事。那时候，家里生活拮据，吃饺子当然只能等到年节。平常的日子，破天荒包上一顿饺子，自然就成了全家人的节日。这时候，妈妈威风凛凛，最为得意，一手和面，一手调馅，馅调得又香又绵，面和得软硬适度，最后盆手两净，不沾一星面粉。然后妈妈指挥爸爸、弟弟和我，看火的看火、擀皮的擀皮、送皮的送皮，颇似沙场点兵。

　　一般，妈妈总要包两种馅的饺子，一种肉一种素。这时候，圆圆的盖帘上分两头码上不同馅的饺子，像是两军对弈，隔着楚河汉界。我和弟弟常捣乱，把饺子弄混，但妈妈不生气，用手指捅捅我和弟弟的脑瓜儿说："来，妈教你们包花边饺！"我和弟弟好奇地看妈妈将包了的饺子沿儿用手轻轻一捏，捏出一圈穗状的花边，煞是好看，像小姑娘头上戴了一圈花环。我们却不知道妈妈要了一个小小的花招儿，她把肉馅的饺子都捏上花边，让我和弟弟连吃带玩地吞进肚里，自己和爸爸却吃那些素馅的饺子。

那段艰苦的岁月，妈妈的花边饺给了我们难忘的记忆。但是这些记忆，都是长到自己做了父亲的时候，才开始清晰起来，仿佛它一直沉睡着，必须让我们用经历的代价才可以把它唤醒。

自从我能写几本书以后，家里的经济状况好转，饺子不再是什么圣餐。想起那些个辛酸和我不懂事的日子，想起妈妈自父亲去世后独自一人艰难度日的情景，我想起码不能再让妈妈吃得受委屈了。我曾拉妈妈到外面的餐馆开开洋荤，她连连摇头："妈老了，腿脚不利索，懒得下楼啦！"我曾在菜市场买来新鲜的鱼肉或时令蔬菜，回到家里自己做，妈妈并不那么爱吃，只是尝几口便放下筷子。我便笑妈妈："您呀，真是享不了福！"

后来，我明白了，尽管世上食品名目繁多，人的胃口花样翻新，妈妈雷打不动只爱吃饺子。那是她老人家几十年一贯历久常新的最佳食谱。我知道唯一的方法是常包饺子。每逢我买回肉馅，妈妈看出要包饺子了，立刻麻利地系上围裙，先去和面，再去调馅，绝对不让别人插手。那精神气儿，又回到我们小时候。

那一年大年初二，全家又包饺子。我要给妈妈一个意外的惊喜，因为这一天是她老人家的生日。我包了一个带糖馅的饺子，放进盖帘上一圈圈饺子之中，然后对妈妈说："今儿您要吃着这个带糖馅的饺子，您一准儿是大吉大利！"

妈妈连连摇头笑着说："这么一大堆饺子，我哪儿那么巧能有福气吃到？"说着，她亲自把饺子下进锅里。饺子如一尾尾小银鱼在翻滚的水花中上下翻腾，充满生趣。望着妈妈昏花的老眼，我看出来她是想吃到那个糖饺子呢!

热腾腾的饺子盛上盘，端上桌，我往妈妈的碟中先拨上三个饺子。第二个饺子妈妈就咬着了糖馅，惊喜地叫了起来："哟!我真的吃到了!"我说："要不怎么说您有福气呢?"妈妈的眼睛笑得眯成了一条缝。

其实，妈妈的眼睛实在是太昏花了。她不知道我耍了一个小小的花招，用糖馅包了一个有记号的花边饺。

那曾是她老人家教我包过的花边饺。

1995年10月1日于北京

多年父子成兄弟

◆ 汪曾祺

这是我父亲的一句名言。

父亲是个绝顶聪明的人。他是画家，会刻图章，画写意花卉。图章初宗浙派，中年后治汉印。他会摆弄各种乐器，弹琵琶，拉胡琴，笙箫管笛，无一不通。他认为乐器中最难的其实是胡琴，看起来简单，只有两根弦，但是变化很多，两手都要有功夫。他拉的是老派胡琴，弓子硬，松香滴得很厚——现在拉胡琴的松香都只滴了薄薄的一层。他的胡琴音色刚亮。胡琴码子都是他自己刻的，他认为买来的不中使。他养蟋蟀，养金铃子。他养过花，他养的一盆素心兰在我母亲病故那年死了，从此他就不再养花。我母亲死后，他亲手给她做了几箱子冥衣——我们那里有烧冥衣的风俗。按照母亲生前的喜好，选购了各种花素色纸作衣料，单夹皮棉，四时不缺。他做的皮衣能分得出小麦穗、羊羔、灰鼠、狐肷。

父亲是个很随和的人，我很少见他发过脾气，对待子女，从无疾言厉色。他爱孩子，喜欢孩子，爱跟孩子玩，带着孩子玩。我的姑妈称他为"孩子头"。春天，不到清明，他领一群孩子到麦田里放风筝。放的是他自己糊的蜈蚣（我们那里叫"百脚"），是用染了色的绢糊的。放风筝的线是胡琴的老弦。老弦结实而轻，这样风筝可笔直地飞上去，没有"肚儿"。用胡琴弦放风筝，我还未见过第二人。清明节前，小麦还没有"起身"，是不怕践踏的，而且越踏会越长得旺。孩子们在屋里闷了一冬天，在春天的田野里奔跑跳跃，身心都极其畅快。他用钻石刀把玻璃裁成不同形状的小块，再一块一块逗拢，接缝处用胶水粘牢，做成小桥、小亭子、八角玲珑水晶球。桥、亭、球是中空的，里面养了金铃子。从外面可以看到金铃子在里面自在爬行，振翅鸣叫。他会做各种灯。用浅绿透明的"鱼鳞纸"扎了一只纺织娘，栩栩如生。用西洋红染了色，上深下浅，通草做花瓣，做了一个重瓣荷花灯，真是美极了。用小西瓜（这是拉秧的小瓜，因其小，不中吃，叫作"打瓜"或"笃瓜"）上开小口挖净瓜瓤，在瓜皮上雕镂出极细的花纹，做成西瓜灯。我们在这些灯里点了蜡烛，穿街过巷，邻居的孩子都跟过来看，非常羡慕。

父亲对我的学业是关心的，但不强求。我小时了了，国文成绩一直是全班第一。我的作文，时得佳评，他就拿出去到处给人看。我的数学不好，他也不责怪，只要能及格，就行了。他画画，我小时也喜欢画画，但他从不指点我。他画画时，我在旁边看，其余时间由我自己乱翻画谱，瞎抹。我对写意花卉那时还不太会欣赏，只是画一些鲜艳的大桃子，或者我从来没有见过的瀑布。我小时字写得不错，他倒是给我出过一点主意。在我写过一阵《圭峰碑》和《多宝塔》以后，他建议我写写《张猛龙》。这建议是很好的，到现在我写的字还有《张猛龙》的影响。我初中时爱唱戏，唱青衣，我的嗓子很好，高亮甜润。在家里，他拉胡琴，我唱。我的同学有几个能唱戏的。学校开同乐会，他应我的邀请，到学校去伴奏。几个同学都只是清唱。有一个姓费的同学借到一顶纱帽，一件蓝官衣，扮起来唱《朱砂井》，但是没有配角，没有衙役，没有犯人，只是一个赵廉，摇着马鞭在台上走了两圈，唱了一段"郿坞县在马上心神不定"，便完事下场。父亲那么大的人陪着几个孩子玩了一下午，还挺高兴。我十七岁初恋，暑假里，在家写情书，他在一旁瞎出主意！我十几岁就学会了抽烟喝酒。他喝酒，给我也倒一杯。抽烟，一次抽出两根，他一根，我一根。他还总是先给我点上火。我们的这种关系，他人或以为怪。父亲说："我们是多年父子成兄弟。"

我和儿子的关系也是不错的。我戴了"右派分子"的帽子下放张家口农村劳动，他那时还从幼儿园刚毕业，刚刚学会汉语拼音，用汉语拼音给我写了第一封信。我也只好赶紧学会汉语拼音，好给他写回信。"文化大革命"期间，我被打成"黑帮"，送进"牛棚"。偶尔回家，孩子们对我还是很亲热。我的老伴告诫他们"你们要和爸爸'划清界限'"，儿子反问母亲："那你怎么还给他打酒？"只有一件事，两代之间，曾有分歧。他下放山西忻县"插队落户"。按规定，春节可以回京探亲。我们等着他回来。不料他同时带回了一个同学。他的这个同学的父亲是一位正受林彪迫害，搞得人囚家破的空军将领。这个同学在北京已经没有家，按照大队的规定是不能回北京的。但是这孩子很想回北京，在一伙同学的秘密帮助下，我的儿子就偷偷地把他带回来了。他连"临时户口"也不能上，是个"黑人"。我们留他在家住，等于"窝藏"了他，公安局随时可以来查户口，街道办事处的大妈也可能举报。当时人人自危，自顾不暇，儿子惹了这么一个麻烦，使我们非常为难。我和老伴把他叫到我们的卧室，对他的冒失行为表示很不满。我责备他："怎么事前也不和我们商量一下！"我的儿子哭了，哭得很委屈，很伤心。我们当时立刻明白了：他是对的，我们是错的。我们这种怕担干系的思想是庸俗的。我们对儿子和同学之间的义气缺乏理解，对他的感情不够尊重。他的同学在我们家一直住了四十多天，才离去。

对儿子的几次恋爱，我采取的态度是"闻而不问"。了解，但不干涉。我们相信他自己的选择，他的决定。最后，他悄悄和一个小学时期的女同学好上了，结了婚。有了一个女儿，已近七岁。

我的孩子有时叫我"爸"，有时叫我"老头子"！连我的孙女也跟着叫。我的亲家母说这孩子"没大没小"。我觉得一个现代化的、充满人情味的家庭，首先必须做到"没大没小"。父母叫人敬畏，儿女"笔管条直"，最没有意思。

儿女是属于他们自己的。他们的现在，和他们的未来，都应由他们自己来设计。一个想用自己理想的模式塑造自己的孩子的父亲是愚蠢的，而且，可恶！另外，作为一个父亲，应该尽量保持一点童心。

1990年9月1日

不曾远游的母亲

◆ 陈年喜

一

母亲是上河人。

所谓上河，就是峡河的上游。七十里长的峡河，在本地人的习惯里，常被分为三段，上段二十里，称上河；中段三十里，下段二十里，统称下河。各段人们的生活和语言习惯稍有差别。上段，相当于黄河源头的青海，苦焦、偏僻、荒凉。母亲出生的地方叫三岔，三条河在这里交汇，这儿是上段的上段，翻过后面的西街岭，就是河南地界了。

那时两边的孩子经常在一块儿放牛，牛吃饱了草，也有些迷糊，需要不同的语言指令来驱赶。虽然两边孩子们都是河南话，但还是稍有差别，牛比人分得清楚，也有走错了家门的，那只能等着挨揍了。

母亲十七岁嫁到峡河中段的塬上，父亲家给的彩礼是两斗苞谷。那是爷爷用麻绳套来的一只白狐，然后从河南贩子手上换来的，相较而言，河南那时候吃得比峡河宽裕。河南的阳光足，地块大，产出的苞谷颗粒饱而硬，顶磨子，外公在石磨上推了三道才碾碎。那二斗苞谷，他们一家吃了三个多月。当然，这些都是母亲告诉我的。

紧挨着峡河东面的地方叫官坡镇，那是峡河人赶集的地方，虽然它属于河南卢氏县，在行政上与峡河没半点儿关系，但峡河人口少，没有街市，也没有集，生活日用、五谷六畜要到官坡集上买卖。虽然后来峡河有了供销社，大家还是喜欢赶官坡的集。担一担柴，或背一块床板，能换一堆东西。

母亲喜欢赶集。官坡镇，是母亲少女和青年时代走得最远的地方。

母亲最后一次去官坡，我十九岁。此去是为我占卜命运。那一年，她四十一。记得此后，她再没出过省。

高中毕业后，我在家无事可干。家里有一群牛，有时五头，有时六头，因为有小牛每年生出来，壮年牛常常卖掉换钱用。我在家负责放它们。与农田里的活儿相比，放牛是最轻松的活儿，有种说法："三年牛倌，知县不换。"说的是放牛的自由、散漫。家里让我放牛，也有对命运不认的成分，放牛有大量的时间，可以在山上读一些书，想一些事情。那几年，牛在山上吃草，我在山上读了很多书，马克思的《资本论》就是那阵子读完的。

　　放了一年多，牛们没壮也没瘦，原模原样，我却越发显得没了志气，显出傻来。母亲对父亲说："这不行，难道真是一辈子放牛的命？"

　　她带了二斤白糖、两包点心、十元钱，去官坡找张瞎子。

　　我没见过张瞎子，却不能不知道张瞎子，据说他通天晓地，本事了得。传得最远的一个故事是，有一个人恶作剧，把家里一头牛的八字报给张瞎子测。张瞎子排了八字，不慌不忙地说："此人命里富贵，一生有田耕，不愁吃喝，八岁而亡。"那头牛真的只活了八年。

　　三天后，母亲回来了，对父亲说："娃没事，四十岁上能出头。"

二

　　一九八七年，峡河大水。

　　那是一场史无前例的大水。那一场大雨，整整下了三天三夜，河里与河岸上的石头、树木、庄稼悉数被摧枯拉朽，一同被卷走的还有牛、羊、猪、人。大水过后，峡河下游的武关大桥，因严重损坏，不得不废弃重建。这座大桥建造于一九三〇年，曾抵挡过无数风雨与炮火。日本人打到西峡那年，为阻挡日本人由此入西安，国民党工兵的炮药包对它也无可奈何。

大雨过后，峡河水还没消，妹妹病了，中耳炎引发的乳突炎。那时峡河还没有撤并，还叫峡河乡，有卫生院。妹妹在卫生院里打了六天吊瓶，病越来越重。去县医院，无异于登天，不仅路途遥远，主要是没钱。我们兄弟几个正上高中初中，每星期每人只有一袋干粮。街上小饭店的面叶子两毛钱一碗，我们从没吃过。

本来是不要命的病，却要了妹妹的命，那一年，她十三岁。我从中学赶回来时，父亲和母亲都近于神志错乱。也从那时候开始，母亲开始哭，白天哭，晚上哭，哭了十年，哭坏了眼睛。这十年，她去得最勤和最远的地方，是妹妹的坟头。这个远，是说来来回回的路程，单程算，不过数百米，加起来，怕有千里之程。

村里有一对兄弟，两人都三十出头了，都没有媳妇。这兄弟俩也是可怜，早早没了父母，也没什么家门，孤零零的。但两人都会乐器家什，老大长于笙，老二长于二胡。没事的时候，两人在院子里动起家什来，路过的人以为这家有什么事，请来了戏班子。

老大会许多乐器，但嗓子不行，唱不了，老二能唱，他们唱的不是秦腔，也不是豫剧，是京剧。老二最拿手的是《空城计》：

我正在城楼观山景，

耳听得城外乱纷纷。

旌旗招展空翻影，

却原来是司马发来的兵。

…………

这些年，城外确实乱纷纷，那是生活的兵马。他们俩却不是诸葛亮，无力退兵。

母亲总是看不过，要为他们说亲。

这一年，峡河下段死了个人。那人三十多岁，正年轻，骑摩托车出事了，本来出事的不是他，出事的是别人，他把人撞了。他骑车跑了一段，估计被撞的人活不成了，他就冲着路边的悬崖加了一把油。

那人留下了一个女人和一个女儿。女人是个哑巴，挺漂亮。孤儿寡母，没有人照顾。

自然是从老大头上解决困难。母亲说："你也别吹笙了，跟我去相亲。"

这一跑，跑了四五十趟，也就是一年。老大骑一辆自行车，驮着母亲，风里雨里，都在提亲路上。这亲事到底成了，后来老大与那哑巴女人又生了个小子。他还是喜欢吹笙，这时候，吹得最多的是《百鸟朝凤》。

母亲此前没有坐过车。她说那自行车下坡时，像起风了。

那一年，母亲开始白发满头，那是岁月的力量。生活像一口锅，她一直在锅底的部分打转。锅外的世界不知道她，她也不知道锅外的世界。锅有时是冷的，有时是热的，只有锅里的人，冷热自知。

三

一九九九年始，我开始上矿山，天南海北，漠野长风，像一只鸟，踪影无定。有些时候，一年和母亲见一两次面，有时终年漂荡，一年也见不着一次，甚至有时忘了她的样子，但一直记得她说的张瞎子说的话。

一转眼，我四十岁了。

四十岁那年，我在萨尔托海，百里无人烟，只有戈壁茫茫。放牛放羊的哈萨克族人，有时放丢了牲口，骑着马或摩托车呼啸而来，或呼啸而过。

这里是一座金矿，规模不大也不小，有三口竖井，百十号工人。我是这百十号人里的一员，像一只土拨鼠，每天地上地下来回。

母亲知道我在世上，但不知道我在哪条路上。我经常换手机号码，她也许记得我的号码，但没什么用，这里不通信号。母亲的床头是一片白石灰墙，上面用铅笔记满了儿子们的电话号码，哪一个打不通了、作废了，就打一个叉，新号码再添上去。这些号码组成了一幅动态地图，她像将军俯瞰作战沙盘，因此懂得了山川万里、风物人烟，仿佛她一个人到了四个儿子所到过的所有地方。

这一年，发生了一件事，我一直没有对她讲过，当然也没有对任何人讲过。母亲的地图虽详细，这样的情节也不可能显现。

这一年，我得了病——颈椎病。最显著的症状是双手无力，后来发展到双腿也没了力气，如果跑得快点儿，会自己摔倒。我后来知道是椎管变细，神经受压。

我的工作搭档是一个老头，别人叫他老黄，那时已经六十岁了，模样比六十岁还要老，掉光了牙齿，秃头上围一圈白发，又高又瘦。他年轻时在国营矿上干过爆破。他不是退休了，是下岗了，因为老了。

那一天，我清晰地记得是九月初。胡天八月乱飞雪，萨尔托海倒是没有飞雪，但空气比飞雪还冷，戈壁滩上的骆驼草已经干枯了，一丛一丛的，风吹草动，仿佛蹲着一些人在那里抽烟，那烟就是一股股风吹起来的黄尘。

我和老黄穿成了稻草人，因为井下更冷，风钻吐出的气流能透人的骨头。这一天，我们打了八十个孔，就是八十个炮。老板很少下井，但他会听炮声，一边打着牌，一边数炮。

进出的通道是一口竖井，原来用作通风的天井，八九十度，仅容一人转身。竖井里一条大绳，十架铁梯子。打完了炮孔，装好了炸药，我说："黄师傅，你先上，我点炮。"那时用的还是需要人工点燃的导火索。每次都是老黄先撤，我点炮，毕竟我年轻一些。

点完了八十个导火索头，我跑到采区尽头，抓住绳头往上攀，可任我用尽了所有力气往上爬，怎么也够不着梯子。脚和手仿佛不是自己的。导火索刺刺冒着白烟，它们一部分就在我的脚下，整个采场仿佛云海，我知道它们中的一部分马上要炸响了。

这时候，我看到地上有一根折断的钎杆，它插在乱石堆里，同时，我也看见绳头下的岩壁上有一个钻孔，那是爆破不彻底留下的残物。我快速抓起钎杆，插进残孔，爬了上来。刚到天井口，炮在下面接二连三炸开来。

我对母亲讲过无数矿山故事，我的语气、神采带她到过重重山迢迢路，但这一截路程只属于我一个人。

四十五岁，我因为一场颈椎手术，离开了矿山，开始另一种同样没有尽头的生活。比她跑七十里路，测卦来的"出头"之日，晚了五年。

四

我有一个非常奇怪的心理：凡是我认为的好兆头，在没有兑现成事实之前，总是小心翼翼，不敢告诉别人，不敢泄露半点儿秘密。比如晚上做了个梦，梦见大火烧身，按周公解梦，将有喜事发生，几天里，都被这个梦煎熬着，又总是在心里深深地藏掖着，生怕别人知道了，喜事就化为乌有了。比如接到编辑电话，告诉某某组诗拟于某期刊发，在文字见刊之前，从不敢把喜悦分享于人。一个命运失败太久的人，仿佛任何一个细小的失望都会成为压上命运的又一根稻草。

母亲是二〇一三年春天查出食道癌的，医生说已是晚期。在河南西峡县人民医院，经过两次化疗，身体不堪其苦，实在进行不下去，就回老家休养了。如今，已是七个春秋过去，她依旧安然地活着，不但生活自理，还能下田里种些蔬菜瓜果，去坡边揽柴扒草。其间还就着昏沉的灯泡给我们兄弟纳了一沓红花绿草的鞋垫。而当时一同住院的病友，坟头茅草已经几度枯荣了。这样于她于家的好事，我怕让人知道，怕提醒了疾病，它再找上门来。

商洛现在已经非常有名了，但我的老家峡河现在出门，依然大多数时候要靠摩托车助行。雨天泥水，晴天暴尘，曲里拐弯，涉水跨壑，十几年里我已骑坏了两辆车。在家乡，你到哪家的杂物间里，都有一两辆坏掉的摩托车，而街上的摩托车销售部里，以旧换新积攒的破车子，简直要堆成了山丘。

山外的世界早已是穷尽人间词语都无力形容了，而母亲的一生是与这些世界无缘的，她一辈子走得最远的地方是河南西峡县城。那是二〇一三年四月，她接受命运生死抉择的唯一一次远行。

西峡县城不大，比起任何一个中国城市，都不算什么，但与峡河这弹丸之地相比，已是非凡世界。那一天，医院做了初检，等待结果办理住院。我和弟弟带她逛西峡街市，当时她已极度虚弱，走半条街，就要找个台阶坐下歇一会儿。她似乎忘记了自己的病，满眼都是惊喜，用家乡的话不停问这问那。对于她六十余年的生命来说，这满眼的一切是那样新鲜。

当行到灌河边，滔滔大河在县城边上因地势平坦显得无限平静、温顺。初夏的下午，人声如市，草木风流。虽说家乡也有河水，也年年有几次满河的旺水季，但比起这条汪洋大河，实在乏味得可怜。那一刻，母亲显示出孩童的欣喜，也许在她的心里，也曾有各式各样的梦，也曾被这些梦引诱着抵达过高山大海、马车奔跑的天边，因生活和命运的围困，只能渐渐泯灭了。那一刻，我看见一条大水推开了向她四合的暮色，河岸的白玉兰，带她回到少女时代的山坡，那里蝉声如同鞭子，驱赶着季节跑向另一座山头……

那一刻，我有欣慰，也有满心的惭愧。

外面漂泊的十几年里，每一次回来，和母亲唠家常时，她都要问一问我到过的地方怎么样，有啥样的山，啥样的水，啥样的人，啥样衣饰穿戴？我用手机传回的照片，她一直保留在短消息里，以至于占用空间太大，老旧的手机总是卡死。一直以来对她的这些问询、这些举止，都不以为意，以为只是关切我在外的生活。现在想起来，她这是借我的眼睛、腿脚和口舌，在完成一次次远游。

如今，母亲已经七十岁了，一辈子的烟熏火燎、风摧霜打，她的眼睛视物已极度模糊。慢慢地，人世间的桃红柳绿、纷纷扰扰，她将再也看不到了。即使我有力带她出去走走，她身体的一切也已无能为力。

所谓母子一场，不过是她为你打开生命和前程，你揭开她身后沉默的黄土。

三松堂断忆

◆ 宗璞

转眼间父亲离开我们已快一年了。

去年这时，也是玉簪花开得满院雪白，我还计划在向阳的草地上铺出一小块砖地，以便把轮椅推上去，让父亲在浓重的树荫中得一小片阳光。因为父亲身体渐弱，忙于延医取药，竟没有来得及建设。九月底，父亲进了医院，我在整天奔忙之余，还不时望一望那片草地，总不能想象老人再不能回来，回来享受我为他安排的一切。

哲学界人士和亲友们都认为父亲的一生总算圆满，学术成就和他从事的教育事业使他中年便享盛名，晚年又见到了时代的变化。生活上有女儿侍奉，诸事不用操心，能在哲学的清纯世界中自得其乐。而且，他的重要著作《中国哲学史新编》八十岁才开始写，许多人担心他写不完，他居然写完了。他是拼着性命支撑着，他一定要写完这部书。

在父亲的最后几年里，经常住医院，一九八九年下半年起更为频繁。一次是十一月十一日午夜，父亲突然发作心绞痛，外子蔡仲德和两个年轻人一起，好不容易将他抬上救护车。他躺在担架上，我坐在旁边，数着脉搏。夜很静，车子一路尖叫着驶向医院。好在他的医疗待遇很好，每次住院都很顺利。一切安排妥当后，他的精神好了许多，我俯身为他掖好被角，正要离开时，他疲倦地用力说："小女，你太累了！""小女"这乳名几十年不曾有人叫了。"我不累。"我说，勉强忍住了眼泪。说不累是假的，然而比起担心和不安，劳累又算得了什么呢。

过了几天，父亲又一次不负我们的劳累和担心，平安回家了。我们笑说："又是一次惊险镜头。"十二月初，他在家中度过九十四寿辰。也是他最后的寿辰。这一天，民盟中央的几位负责人丁石孙等先生前来看望，老人很高兴，谈起一些文艺杂感，还说，若能汇集成书，可题名为《余生札记》。

这余生太短促了。中国文化书院为他筹办了庆祝九十五寿辰的"冯友兰哲学思想国际研讨会"，他没有来得及参加。但他知道了大家的关心。

一九九〇年初，父亲因眼前有幻象，又住医院。他常常喜欢自己背诵诗词，每住医院，总要反复吟哦《古诗十九首》。有记不清的字，便要我们查对。"青青陵上柏，磊磊涧中石。人生天地间，忽如远行客。""浩浩阴阳移，年命如朝露。人生忽如寄，寿无金石固。"他在诗词的意境中似乎觉得十分安宁。一次医生来检查后，他忽然对我说："庄子说过，生为附赘悬疣，死为决疣溃痈。孔子说过，朝闻道，夕死可矣。张横渠又说，存，吾顺事；殁，吾宁也。我现在是事情没有做完，所以还要治病。等书写完了，再生病就不必治了。"我只能说："那不行，哪有生病不治的呢！"父亲微笑不语。我走出病房，便落下泪来，坐在车上，更是泪如泉涌。一种没有人能分担的孤单沉重地压迫着我，我知道，分别是不可避免的。

我们希望他快点写完《新编》，可又怕他写完。在住医院的间隙中，他终于完成了这部书。亲友们都提醒他还有本《余生札记》呢。其实老人那时不只有文艺杂感，又还有新的思想，他的生命是和思想和哲学连在一起的。只是来不及了，他没有力气再支撑了。

人们常问父亲有什么遗言。他在最后几天有时念及远在异国的儿子钟辽和唯一的孙子冯岱。他用力气说出的最后的关于哲学的话是："中国哲学将来一定会大放光彩！"他是这样爱中国、这样爱哲学。当时有李泽厚和陈来在侧。我觉得这句话应该用大字写出来。

然后，终于到了十一月二十六日那凄冷的夜晚，父亲那永远在思索的头脑进入了永恒的休息。

作为父亲的女儿，而且是数十年都在他身边的女儿，在他晚年又身兼几大职务，秘书、管家兼门房，医生、护士带跑堂，照理说对他应该有深入的了解。但是我无哲学头脑，只能从生活中窥其精神于万一。根据父亲的说法，哲学是对人类精神的反思。

他自己就总在思索，在考虑问题。因为过于专注，难免有些呆气。他晚年耳目失其聪明，自己形容自己是"呆若木鸡"。其实这些呆气早已有之。抗战初期，几位清华教授从长沙往昆明，途经镇南关，父亲手臂触城墙而骨折。金岳霖先生一次对我幽默地提起此事，他说："当时司机通知大家，不要把手放在窗外，要过城门了。别人都很快照办，只有你父亲听了这话，便考虑为什么不能放在窗外，放在窗外和不放在窗外的区别是什么，其普遍意义和特殊意义是什么。还没考虑完，已经骨折了。"这是形容父亲爱思索。他那时正是因为在思索，根本就没有听见司机的话。

　　他的生命就是不断地思索，不论遇到什么挫折，遭受多少批判，他仍顽强地思考，不放弃思考。不能创造体系，就自我批判，自我批判也是一种思考。而且在思考中总会冒出些新的想法来。他自我改造的愿望是真诚的，没有经历过二十世纪中叶的变迁和六七十年代的各种政治运动的人，是很难理解这种自我改造的愿望的。首先，一声"中国人民站起来了"促使多少有智慧的人迈上了走向炼狱的历程。其次，知识分子前冠以"资产阶级"，位置固定了，任务便是改造，又怎能知自是之为是，自非之为非？第三，各种知识分子的处境也不尽相同，有的居庙堂而一切看得较为明白，有的处林下而只能凭报纸和传达，也只能信报纸和传达，其感受是不相同的。

　　幸亏有了新时期，人们知道还是自己的头脑最可信。父亲明确采取了不依傍他人，"修辞立其诚"的态度。我以为，这个"诚"字并不能与"伪"字相对。需要提出"诚"，需要提倡说真话，这是我们这个时代的悲哀。

我想历史会对每一个人做出公允的、不带任何偏见的评价。历史不会忘记有些微贡献的每一个人，而评价每一个人时，也不要忘记历史。

父亲一生对物质生活的要求很低，他的头脑都让哲学占据了，没有空隙再来考虑诸般琐事。而且他总是为别人着想，尽量减少麻烦。一个人到九十五岁，没有一点怪癖，实在是奇迹。父亲曾说，他一生得力于三个女子：一位是他的母亲、我的祖母吴清芝太夫人，一位是我的母亲任载坤先生，还有一个便是我。一九八二年，我随父亲访美，在机场上父亲作了一首打油诗："早岁读书赖慈母，中年事业有贤妻。晚来又得女儿孝，扶我云天万里飞。"确实得有人料理俗务，才能有纯粹的精神世界。近几年，每逢我生日，父亲总要为我撰写寿联。一九九〇年夏，他写了最后一联，联云："鲁殿灵光，赖尔有守护神，岂独文采传三世；文坛秀气，知手持生花笔，莫让新编代双城。"父亲对女儿总是看得过高。"双城"指的是我的长篇小说，曾拟名《双城鸿雪记》，后定名为《野葫芦引》。第一卷《南渡记》出版后，因为没有时间，没有精力，便停顿了。我必须以《新编》为先，这是应该的，也是值得的。当然，我持家的能力很差，料理饭食尤其不能和母亲相比，有的朋友都惊讶我家饭食的粗糙。而父亲从没有挑剔，从没有不悦，总是兴致勃勃地进餐，无论做了什么，好吃不好吃，似乎都滋味无穷。这一方面因为他得天独厚，一直胃口好，常自嘲"还有当饭桶的资格"；另一方面，我完全能够体会，他是以为能做出饭来已经很不容易，再挑剔好坏，岂不让管饭的人为难。

父亲自奉甚俭，但不乏生活情趣。他并不永远是道貌岸然，也有豪情奔放、潇洒闲逸的时候，不过机会较少罢了。一九二六年父亲三十一岁时，曾和杨振声、邓以蛰两先生，还有一位翻译李白诗的日本学者一起豪饮，四个人一晚喝去十二斤花雕。六十年代初，我因病常住家中，每天傍晚随父母到颐和园包坐大船，一元钱一小时，正好觉尽落日的绮辉。一位当时的大学生若干年后告诉我说，那时他常常看见我们的船在彩霞中漂动，觉得真如神仙中人。我觉得父亲是有些仙气的，这仙气在于他一切看得很开。在他的心目中，人是与天地等同的。"人与天地参"，我不止一次听他讲解这句话。《三字经》说得浅显，"三才者，天地人"。既与天地同，还屑于去钻营什么！那些年，一些稍有办法的人都能把子女调回北京，而他，却只能让他最钟爱的幼子钟越长期留在医疗落后的黄土高原。一九八二年，钟越终于为祖国的航空事业流尽了汗和血，献出了他的青春和生命。

父亲的呆气里有儒家的伟大精神，"天行健，君子以自强不息"，自强不息到"知其不可而为之"的地步；父亲的仙气里又有道家的豁达洒脱。秉此二气，他穿越了在苦难中奋斗的中国的二十世纪。他的一生便是二十世纪中国文化的一个篇章。

据河南家乡的亲友说，一九四五年初祖母去世，父亲与叔父一同回老家奔丧，县长来拜望，告辞时父亲不送；而对一些身为老百姓的旧亲友，则一直送到大门。乡里传为美谈。从这里我想起和读者的关系，父亲很重视读者的来信，许多年常常回信，星期日上午的活动常常是写信。和山西一位农民读者车恒茂老人就保持了长期的通信，每索书必应之。后来我曾代他回复一些读者来信，尤其对年轻人，我认为最该关心，也许几句话便能帮助发掘了不起的才能。但后来我们实在没有能力做了，只好听之任之。把人家的千言万言书束之高阁，起初还感觉不安，时间一久，则连不安也没有了。

时间会抚慰一切，但是去年初冬深夜的景象总是历历如在目前，我想它是会伴随我进入坟墓的了。当晚，我们为父亲穿换衣服时，他的身体还那样柔软，就像平时那样配合。他好像随时会睁开眼睛说一声"中国哲学将来一定会大放光彩"。我等了片刻，似乎听到一声叹息。

不得不离开病房了。我们围跪在床前，忍不住痛哭失声！仲扶着我，可我觉得这样沉重的孤单！在这茫茫世界中，再无人需我侍奉，再无人叫我的乳名了。这么多年，每天清晨最先听到的，是从父亲卧房传来的咳嗽，每晚睡前必到他床前说几句话。我怎样才能从多年的习惯中走出来！

然而日子居然过去快一年了。只好对自己说，至少有一件事稍可安慰：父亲去时不知道我已抱病，他没有特别的牵挂，去得安心。

　　文章将尽，玉簪花也谢尽了。邻院中还有通红的串红和美人蕉，记得我曾说串红像鞭炮，似乎马上会劈劈啪啪响起来。而生活里又有多少事值得它响呢！

1991年9月病中

我爱你像爱一首诗

◆朱生豪

一

澄：

带着一半绝望的心，回来吃饭，谢谢天，我拾回了我的欢喜。别说冬天容易过，渴望着信来的时候，每一分钟是一个世纪，每一点钟是一个无穷。然而想着你是幸福的在家里，仵念的心，也总算有了安慰。

你不会责备我说过的那些无聊话？

我实在喜欢你那一身的诗劲儿，我爱你像爱一首诗一样。

问你寒假里有没有计划的人，我不知是谁，大概是一位蠢货，一定。理想的人生，应当充满着神来之笔，那才酣畅有劲。计划，即使实现了也没趣。祝福你。

告诉我几时开学，我将数着日子消遣儿，我一定一天撕两张日历。

朱　廿三下午

二

好友：

在编辑室的火炉旁熏了这么半天，热得身上发痒。回到自己房间里，并不冷，可是有些发抖的样子。心里又气闷又寂寞，躺在床上淌了些泪，但不能哭个痛快。

家里等着我寄钱去补充兄弟的学费，可是薪水又发不出，存款现在恐怕不好抽，只好让他们自己去设法了。郑天然叫我代买两部佛典，一调查价钱要十块左右，实在没法子买给他。自己要买书也没钱，*War and Peace*[①]已经读完，此后的黄昏如何消磨又大成问题。写信又写不出新鲜的话儿，左右不过是我待你好你待我好的傻瓜话儿。除了咬啮着自己的心以外，简直是一条活路都没有。读了你的信，"也许不成功来上海"，这"也许"两个字是多加上去的，我知道最后的希望最后的安慰也消失了。

人死了，更无所谓幸不幸福，因为有感觉才能感到幸福或苦痛。如果死后而尚有感觉的话，那么死者抛舍了生者和生者失去

---

① *War and Peace*：《战争与和平》。

了死者一定是同样不幸的。但人死后一切归于虚空，因此你如以他们得到永恒的宁静为幸福，这幸福显然他们自己是无法感觉到的。我并不是个生的讴歌者，但世上如尚有可恋的人或事物在，那么这生无论怎样痛苦也是可恋的。因此即使山海隔在我们中间，即使我们将绝无聚首的可能，但使我们一天活着，则希望总未断绝，我肯用地老天荒的忍耐期待着和你一秒钟的见面。

你记不记得我"怜君玉骨如雪洁，奈此烟宵零露溥"两句诗？这正和你说的"我不知道她们静静地躺在泥里是如何沉味"是同样的意思。这种话当然只是一种空想，现代的科学观已使人消失了对于死的怖惧，但同时也夺去了人们的安慰。在从前一个人死时可以相信将来会和他的所爱者在天上重聚，因此死即是永生，抱着这样的思想，他可以含笑而死。但在现在，人对于死是一点希望都没有的，痛苦的一生的代价，只是一切的幻灭而已，死顶多只是一种免罪，天堂的幸福不过一种妄想，而失去的人是永远失去的了。

我第一次看见死是我的三岁的妹妹，其实不能说是看见，因为她死时是在半夜里，而且是那么突然的，大家以为她的病没有什么可怕的征象，乳母陪着她睡在隔房，母亲正陪着我们睡好了。忽然她异样地哭了起来，母亲过去看时，她手足发着痉挛，一会儿就死了。我们躲在被头里不敢作声，现在也记不起来那时的感觉是怎样的，后来她怎样穿着好抱下去放进棺材里直至抬了出去，我们都被禁止着不许看。此后我也看见过几次亲戚邻居的死，但永不相信我的母亲也会死的，即使每次医生的摇头说没有希望了，我也总以为他们说的是诳话，因为这是无论如何不可能有的事，虽则亲眼看见她一天坏一天，但总以为她会好过来，而且好像很有把握似的。其实她早已神智丧失，常常不认识人了。问卦的结果，说是如能挨过廿九三十（阴历的十一月里），便无妨碍，那时当然大家是随便什么鬼话都肯相信的，廿九过去无事，大家捏了一把汗等待着三十那天，整个白天悠长地守完了，吃夜饭时大家分班看守着，我们正在楼下举筷的时候，楼上喊了起来，奔上去看时，她已经昏了过去，大家慌成一片，灌药掐人中点香望空磕头求天，我跪在床前握住她的手着急地喊着，她醒过来张望望了我一望，头便歪了过去，断气了。满房间里的人都纵声哭了起来，我们都号啕着在楼板上打滚，被人拖了出去，好几天内都是哭得昏天黑地的。放进棺材之后，棺中内层的板一块块盖了上去，只露着一个面孔的时候，我们看见她脸上隐隐现出汗珠，还哭喊着希望她真的会活过来，如果那时她突然张眼坐了起来，我们也将以为自然而不希奇的事，但终于一切都像噩梦一般过去了。此后死神便和我家结了缘，但总不能比这次的打击更大。这次把我的生命史完全划分了两半，如今想起来，好像我是从来不曾有过母亲有过童年似的，一切回忆起来都是那样辽远而渺茫。如果母亲此刻能从"无"的世界里回到"有"的世界里来，如果她看见我，也将不复能认识我，我们永远不能再联系在一起，因为过去的我已经跟她一同死去了。再过十年之后，我的年纪将比她更大，如果死后而真有另一世界存在，如果在另一世界中的人们仍旧会年长起来，变老起来，那么我死后将和她彼此不能认识；如果人在年青时死去在那一世界中可以保持永久的青春的话，那么她将不敢再称我为她的儿子。等到残酷的手一把人们分开，无论怎样的希望梦想，即使是最虔诚的宗教信仰，也是毫无用处了。愚蠢而自以为智慧的人以为既然生离死别是不可避免的事，不如把一切的感情看得淡些。他们不知道人生是赖感情维系着的，没有亲爱的人，活着也等于死一样。如果我在当时知道我母亲会死的话，在她活着的时候，我本来爱她十分也得爱她一百分一千分。因为我们和我们所爱的人终有一天会分手，因此在我们尚在一起的时候就得尽可能地相爱着，我们的爱虽不能延长至于永劫，但还可以扩大至于无穷。

苏曼殊这人比我更糊涂些，以才具论也不见得比郑天然更高明，我只记得他的脸孔好像有点像郑天然。

我相信你的读书成绩一定很不坏，一共拿了两只三就说是从未有过的不好（体操的吃四反面表示你的用功，因为读书用功的人大抵体育成绩不大好，虽则体育成绩不好的人未必一定读书用功，因此这自然不能说是你用功的绝对的证据——我不要让你用逻辑来驳我）。一个人不要太客气，正如不要太神气一样。难得拿到一两个三的人，还要说自己书读得不好仿佛该打手心一样，那么人家拿惯四拿惯五甚至常拿六的人该打什么好呢？你们女学生或者以为拿到三有些难为情，我们男学生倘使能每样功课都是三，就可心满意足，回去向爹娘夸耀了。

我读书的时候，拿到的一比二多，三比四多，这表示我读书不是读得极好，就是极糟糕，所以他们不大给我四者，因为是不好意思给我四的缘故，叫我自己给自己批起分数来，一定不给一就给四或五，没有二也没有三的。

其实这些记号有什么意思呢？读书读得最好的人往往是最无办法的人，一个连大学都没有资格称的敝学院的所谓高材生，究竟值得几个大呢？想起来我在之江里的时候真神气得很，假是从来不请的，但课是常常缺的（第一年当然不这样，因为需要给他们一个好印象），没有一班功课不旷课至八九次以上，但从来不曾不给学分过。体育军训因为不高兴上，因此就不去上。星期一的纪念周，后来这一两学期简直从来不到。什么鸟名人的演说，听也不要去听。我相信之江自有历史以来都不曾有过一个像我一样不守规则而仍然被认为好学生的人。到最后一学期，我预备不毕业，论文也不高兴做，别人替我着起急来，说论文非做不可，好，做就做，两个礼拜内就做好了，第一个交卷。糊涂的学校当局到最后结算甚至我的名次第三都已排好了的时候，才发现我有不能毕业的理由，我只笑笑说毕不毕业于我没有关系，你们到现在才知道，我是老早就知道的（钟先生很担心我会消极，但我却在得意我的淘气，你瞧得个第三有什么意味，连钱芬雅都比不上）。他们说，你非毕业不可，于是硬要我去见校医（我从来不上医药室的，不比你老资格），写了一张鬼证明书呈报到教育部去说有病不能上体操和军训课，教育部核准，但军训学科仍然要上的，好，上就上，我本来军训有一年的学分，把那年术科的学分算作次年的学科，毫无问题，你瞧便当不便当？全然是一个笑话。文凭拿到手，也不知攒到什么地方去了。

今后是再没有神气的机会了！

我觉得你很爱我，你说是不是？（不晓得！）人家说我追求你得很利害①，你以为怎样？我说你很好很可爱，你同意不同意？你说我是不是个好人？

这回又看不见你，我很伤心，我以为我向你说了这么多可怜话，你一定会可怜我，来看我的，哪里知道你怕可怜我会伤害我的自尊心，因此仍然不来，这当然仍表示你是非常之待我好。但以后如果我说我要到杭州来的时候，你可不要说"你来不来我都不管了"，这种话是对情人说的，但不是对朋友说的。你应当说："你来，一定来，不要使我失望。"你不懂的事情太多，因此我得教教你。唉！要是你知道我想念得你多么苦！

三日夜

宋清如先生鉴：此信信封上写宋清如女士，因为恐怕它会比你先到校，也许落在别人手里，免得被人知道是我给你的起见。

---

① 利害：同厉害。

湖畔夜饮

◆ 丰子恺

前天晚上，四位来西湖游春的朋友，在我的湖畔小屋里饮酒。酒阑人散，皓月当空，湖水如镜，花影满堤。我送客出门，舍不得这湖上的春月，也向湖畔散步去了。柳荫下一条石凳，空着等我去坐。我就坐了，想起小时在学校里唱的春月歌："春夜有明月，都作欢喜相。每当灯火中，团团清辉上。人月交相庆，花月并生光。有酒不得饮，举杯献高堂。"觉得这歌词温柔敦厚，可爱得很！又念现在的小学生，唱的歌粗浅俚鄙，没有福分唱这样的好歌，可惜得很！回味那歌的最后两句，觉得我高堂俱亡，虽有美酒，无处可献，又感伤得很！三个"得很"逼我立起身来，缓步回家。不然，恐怕把老泪掉在湖堤上，要被月魄花灵所笑了。

回进家门，家中人说，我送客出门之后，有一上海客人来访，其人名叫CT①，住在葛岭饭店。家中人告诉他，我在湖畔看

①CT：郑振铎笔名。

月，他就向湖畔去找我了。这是半小时以前的事，此刻时钟已指十时半。我想，CT找我不到，一定已经回旅馆去歇息了。当夜我就不去找他，管自睡觉了。第二天早晨，我到葛岭饭店去找他，他已经出门，茶役正在打扫他的房间。我留了一张名片，请他正午或晚上来我家共饮。正午，他没有来。晚上，他又没有来。料想他这上海人难得到杭州来，一见西湖，就整日寻花问柳，不回旅馆，没有看见我留在旅馆里的名片。我就独酌，照例倾尽一斤。

黄昏八点钟，我正在酩酊之余，CT来了。阔别十年，身经浩劫，他反而胖了，反而年轻了。他说我也还是老样子，不过头发白些。"十年离乱后，长大一相逢。问姓惊初见，称名忆旧容。"这诗句虽好，我们可以不唱。略略几句寒暄之后，我问他吃夜饭没有。他说，他是在湖滨吃了夜饭——也饮一斤酒——不回旅馆，一直来看我的。我留在他旅馆里的名片，他根本没有看到。我肚里的一斤酒，在这位青年时代共我在上海豪饮的老朋友面前，立刻消解得干干净净，清清醒醒，我说："我们再吃酒！"他说："好，不要什么菜蔬。"窗外有些微雨，月色朦胧。西湖不像昨夜的开颜发艳，却有另一种轻颦浅笑，温润静穆的姿态。昨夜宜于到湖边步月①，今夜宜于在灯前和老友共饮。"夜雨剪春韭"，多么动人的诗句！可惜我没有家园，不曾种

---

① 步月：指月下散步。

韭。即使我有园种韭，这晚上也不想去剪来和CT下酒。因为实际的韭菜，远不及诗中的韭菜的好吃。照诗句实行，是多么愚笨的事啊！

女仆端了一壶酒和四只盆子出来，酱鸡、酱肉、皮蛋和花生米，放在收音机旁的方桌上。我和CT就对坐饮酒。收音机上面的墙上，正好贴着一首我写的，数学家苏步青的诗："草草杯盘共一欢，莫因柴米话辛酸。春风已绿门前草，且耐余寒放眼看。"有了这诗，酒味特别地好。我觉得世间最好的酒肴，莫如诗句。而数学家的诗句，滋味尤为纯正。因为我又觉得，别的事都可有专家，而诗不可有专家。因为作诗就是做人。人做得好的，诗也作得好。倘说作诗有专家，非专家不能作诗，就好比说做人有专家，非专家不能做人，岂不可笑？因此，有些"专家"的诗，我不爱读。因为他们往往爱用古典，蹈袭传统；咬文嚼字，卖弄玄虚；扭扭捏捏，装腔作势；甚至神经过敏，出神见鬼。而非专家的诗，倒是直直落落，明明白白，天真自然，纯正朴茂，可爱得很。樽前有了苏步青的诗，桌上的酱鸡、酱肉、皮蛋和花生米，味同嚼蜡，唾弃不足惜了！

我和CT共饮，另外还有一种美味的酒肴，就是话旧。阔别十年，身经浩劫。他沦陷在孤岛上，我奔走于万山中。可惊可喜，可歌可泣的话，越谈越多。谈到酒酣耳热的时候，话声都变了呼号叫啸，把睡在隔壁房间里的人都惊醒。谈到二十余年前他在宝山路商务印书馆当编辑，我在江湾立达学园教课时的事，他要看看我的子女阿宝、软软和瞻瞻——《子恺漫画》里的三个主角，幼时他都见过的。瞻瞻现在叫作丰华瞻，正在北平北大研究院，我叫不到；阿宝和软软现在叫丰陈宝和丰宁馨，已经大学毕业而在中学教课了，此刻正在厢房里和她们的弟妹们练习平剧①！我就喊她们来"参见"。CT用手在桌子旁边的地上比比，说："我在江湾看见你们时，只有这么高。"她们笑了，我们也笑了。这种笑的滋味，半甜半苦，半喜半悲。所谓"人生的滋味"，在这里可以浓烈地尝到。CT叫阿宝"大小姐"，叫软软"三小姐"。我说："《花生米不满足》《瞻瞻新官人，软软新娘子，宝姐姐做媒人》《阿宝两只脚，凳子四只脚》等画，都是你从我的墙壁上揭去，制了锌版在《文学周报》上发表的。你这老前辈对她们小孩子又有什么客气？依旧叫'阿宝''软软'好了。"大家都笑。人生的滋味，在这里又浓烈地尝到了。我们就默默地干了两杯。我见CT的豪饮，不减二十余年前。我回忆起了二十余年前的一件旧事，有一天，我在日升楼前，遇见CT。他拉住我的手说："子恺，我们吃西菜去。"我说"好的"。他就同我向西走，走到新世界对面的晋隆西菜馆楼上，点了两客公司菜，外加一瓶白兰地。吃完之后，仆欧送账单来。CT对我说："你身上有钱吗？"我说："有！"摸出一张五元钞票来，把账付了。于是一同下楼，各自回家——他回到闸北，我回到江湾。过了一

---

① 平剧：指京剧。

天，CT到江湾来看我，摸出一张十元钞票来，说："前天要你付账，今天我还你。"我惊奇而又发笑，说："账回过算了，何必还我？更何必加倍还我呢？"我定要把十元钞票塞进他的西装袋里去，他定要拒绝。坐在旁边的立达同事刘薰宇，就过来抢了这张钞票去，说："不要客气，拿到新江湾小店里去吃酒吧！"大家赞成。于是号召了七八个人，夏丏尊先生、匡互生、方光焘都在内，到新江湾的小酒店里去吃酒。吃完这张十元钞票时，大家都已烂醉了。此情此景，憬然在目。如今夏先生和匡互生均已作古，刘薰宇远在贵阳，方光焘不知又在何处。只有CT仍旧在这里和我共饮。这岂非人世难得之事！我们又浮两大白。

夜阑饮散，春雨绵绵。我留CT宿在我家，他一定要回旅馆。我给他一把伞，看他的高大的身子在湖畔柳荫下的细雨中渐渐地消失了。我想："他明天不要拿两把伞来还我！"

三十七年三月廿八日夜于湖畔小屋

远远的敲门声

◆刘亮程

一

我时常怀想起这样一个场景：我从屋里出来，穿过杂草拥围的沙石小路，走向院门……我好像去给一个人开门，我不知道来找我的人是谁。敲门声传到屋里，有种很远的感觉。我一下就听出是我的院门发出的声音——它不同于村里任何一扇门的声音——手在不规则的门板上的敲击声夹杂着门框松动的哐啷声。我时常在似睡非睡间，看见自己走在屋门和院门之间的那段路上。透过木板门的缝隙，隐约看见一个晃动的人影。有时敲门人等急了，会扯嗓子喊一声。我答应着，加快步子。有时来人在外面跳个蹦子，我便看见一个认识或不认识的人头猛然蹿过墙头又落下去，我紧走几步。但在多少次的回想中，我从没有走到院门口，而是一直在屋门和院门间的那段路上。

我不理解自己为什么牢牢记住了这个场景，每当想起它，都会有种依依不舍，说不出滋味的感觉。后来，有事无事，我都喜欢让这个情节浮现在脑海里，我知道这种回味对我来说已经是一种享受。

我从屋门出来，走向院门……两道门之间的这段距离，是我一直不愿走完、在心中一直没让它走完的一段路程。

多少年后我才想明白：这是一段家里的路。它不同于我以后走在世界任何一个地方。我趿拉着鞋、斜披着衣服。或许刚从午睡中醒来，迷迷糊糊，听到敲门声，屋门和院门间有一段距离，我得走一阵子才能过去。在很长一段年月中，我拥有这样的两道门。我从一道门出来，走向另一道门——用一根歪木棍牢牢顶住的院门。我要去打开它，看看是谁，为什么事来找我。我走得轻松自在，不像是赶路，只是在家园里的一次散步。一出院门，就是外面了。马路一直在院门外的荒野上横躺着，多少年后，我就是从这道门出去，踏上满是烫土的马路，变成一个四处奔波的路人。

二

那是我离开父母独立生活的第四个年头。我在一个城郊乡农机站当管理员。一切都没有理出头绪，我正处在一生中最散乱的时期。整天犹犹豫豫，不知道自己该干什么，能干成什么。诗也写得没多大起色，虽然出了一本小诗集，但我远没有找到自己。我想，还是先结婚吧。婚是迟早要结的，况且是人生中数得过来的几件大事之一，办完一件少一件。

现在我依然认为这个选择是多么正确。当时若有一件更大更重要的事把结婚这件事耽搁了，那我的这辈子可就逊色多了。我可能正生活在别的地方，干着截然不同的事，和另一个女人生儿育女，过着难以想象的日子。那将是多大的错误。

我这一生干得最成功的一件事，是娶了我现在的妻子。她是这一带最好最美的女子，幸亏我早下手，早早娶到了她。不然，像我这样的人哪配有这种福分。尤其当我老了之后，坐在依然温柔美丽的妻子身旁，回想几十年来那些平常温馨的日日夜夜，这是我沧桑一生的唯一安慰。我没有扔掉生活，没有扔掉爱。

那时正是为了结婚，为了以后的这一切，我开始了一生中第一件大工程：盖房子。

三

妻子在县城一家银行工作，我想把房子盖得离她近一些。

我找到了城郊村的村长阿不拉江，他是我的朋友，我给他送了一只羊，他非常够朋友地指给我村庄最后面的一块地方。

那是一个淤满细沙的沟，有一小股水从沟底流到村后的田野里。我坐在沟沿上犹豫了半天，最后还是决定动手吧。

我从邻村叫来了一辆推土机，用了整整一天时间把沟填平。那时我管着这一带拖拉机的油料供应，驾驶员们都愿意帮我的忙。

砌房基的时候，过来一个放羊老汉。他告诉我，这条沟是个老河床，不能在上面盖房子。我问为啥，他说河水迟早还要来，你不能把水道堵了。我问他河水多久没走这个道了。他说已经几十年了。我说，那它再不会走这个道了。水早从别处走了，它把这个道忘了。

放羊老汉没再跟我说下去，他的一群羊已走得很远了，望过去羊群在朝一个方向流动，缓缓地，像有意放慢着流逝的速度，却已经到了远处。

这个跟着羊群走了几十年的老汉，对水也一定有他超乎常人的见解。可惜他追羊群去了。

我还是没敢轻视老汉的话，及时地挖了一个小渠，把沟底的那股水引过去。我看着水很不情愿地从新改的渠道往前流，流了半个小时，才绕过我的宅基地，回到房后的老渠道里。水一进老渠道，一下子流得畅快了。

我让水走了一段弯路，水会不会因此迟到呢。

水流在世上，也许根本没有目的。尤其这些小渠沟里的水，我随便挖两锹就能把它引到别处去。遇到房子这样的大东西，水只能绕着走。我不知道时间是怎样流过村庄。它肯定不会像水一样、路一样绕过一幢幢房子一个个人。时间是漫过去的。我一直想问问那个放羊人，他看到时间了吗。在时间的河床上我能不能盖一间房子。

但在这条旧河床上我盖起了一院新房子。我在这个院子里成了家，有了一个女儿，我们一起度过了多年的幸福安逸生活。

四

第一次听到敲门声，是在房子盖好后第二年的夏天，我刚安上院门不久。

我的房子后面有一个大坑，是奠房基时挖的，有一人多深，坑底长着枯黄的杂草。我常下到坑里方便，有几次被过路人看见，让我很不心安。我想，要是坑里的草长高长密些，我蹲进去就不会担心了。在一个下午，我挖了一截渠，把小渠沟的水引到坑里。这个大坑好像没有底似的，水淌进去冒个泡就不见了。我也没耐心等，第二天也没去管它。到了第三天中午，我正收拾菜地，院门响了，我愣了一下。院门又响了起来，比上次更急。我慌忙扔下活走过去，移开顶门棍，见一个扛锨的人气冲冲地站在门口。

"是你把水放到坑里的？"

我点了点头。

"我的十几亩地全靠这点水浇灌，你却把它放到坑里泡石头，你不想让我活命了是不是？"

他越说越激动，那架势像要跟我打架。我害怕他肩上的铁锨，赶紧笑着把他让进院子，摘了两根黄瓜递给他，解释说："我以为水是闲流着呢。水在房子边上流了几年都没见人管过。"

　　"哪有闲流的水啊。"他的语气缓和多了。

　　"老早以前那水才叫闲流呢，那时你住的这个房子下面就是一条河，一年四季水白白地流，连头都不回。后来，来了许多人在河边开荒种地，建起了一个又一个村子。可是，地没种多少年，河水没了。水不知流到哪去了，把这一带的土地都晾干了。"

　　他边说边巡视我的院子，好像我把那一河水藏起来了。

　　"那你觉得，河水还会不会再来？"我想起那个放羊老汉的话，随便问了一句。

　　他一撇嘴："你说笑话呢！"

　　我一直没有顺着这条小渠走到头，去看看这个人种的地。不知道他收的粮够不够一家人吃。春天的某个早晨我抬起头，发现屋后的那片田野又绿了。秋天的某个下午它变黄了。我只是看两眼而已。我很少出门。从那以后来找我的人逐渐多起来，敲门声往往是和缓轻柔的。我再不像第一次听到自己的门被人敲响时那样慌忙。我在一阵阵的敲门声中平静下来。有时院门一天没人敲，我会觉得清寂。

　　我似乎在这里等待什么。盖好房子住下来等，娶妻生女一块儿等，却又不知等待的到底是什么。

门响了，我走过去，打开门，不是。是一个邻居，来借东西。

门又响了……还不是。是个问路的人，他打问一个我不知道的地方。我摇摇头。过了一会儿，邻居家的门响了。

其实那段岁月里我等来了一生中最重要的东西。只是我自己浑然不知。

我的女儿一天天长大，变得懂事而可爱。妻子完全适应了跟我在一起的生活，她接受了我的闲散、懒惰和寡言。我开始了我的那些村庄诗的写作。我最重要的诗篇都是在这个院子里完成的。

有一首题为《一个夜晚》的小诗，记录了发生在这个院子里一个夜晚的平凡事件。

你和孩子都睡着了

妻　这个夜里

我听见我们的旧院门

被风刮开

外面很不安静

我们的老黄狗

在远远的路上叫了两声

我从你身旁爬起来

去关那扇院门

我们的院子

有一辆摔破的马车

和一些去年的干草

矮矮的土院墙围在四周

每天进来出去

我们都要把院门关好

用一根歪木棍牢牢顶住

我们一直活得小心翼翼

没有更多东西

放在院子

妻　这个夜里

若你一个人醒来

听见外面很粗很粗的风声

那一定是我们的旧院门

挡住了什么

风在夜里刮得很费劲

这种夜晚你不要一个人睡醒

第二天早晨我们一块儿出去

看刮得干干净净的院子

几片很远处的树叶

落到窗台上

你和女儿高兴地去捡

　　许多年后，我重读这首诗的时候，我被感动了。这个平凡的小事件在我心中变得那么重大而永恒。读着这首诗，曾经的那段生活又完整地回来了。

五

　　那是一个冬天的早晨，我打开屋门，看见院内积雪盈尺，院门大敞着。一夜的大风雪已经停歇，雪从敞开的大门涌进来，在墙根积了厚厚一堆。一行动物的脚印清晰地留在院子里。看得出，它是在雪停之后进来的，像个闲散的观光者，在院子里转了一圈，还在墙角处撕吃了几口草，礼节性地留下几枚铜钱大的黑色粪蛋儿，权当草钱。我追踪到院门外，看见这行蹄印斜穿过马路那边的田野，一直消失在地尽头。这是多么遥远的一位来客，它或许在风雪中走了一夜，想找个地方休息。它巡视了我的大院子，好像不太满意，或许觉得不安全，怕打扰我的生活。它不知道我是个好人，只要留下来，它的下半生便会像我一样悠闲安逸，不再东奔西跑了。我会像对我的鸡、牛和狗一样对待它的。

　　可是它走了，永远不会再走进这个院子。我像失去了一件自己未曾留意的东西，怅然地站了好一阵。

另外一个夜晚，我忘了关大门。早晨起来，院子里少了一根木头。这根木头是我从一个赶车人手里买来的，当时也没啥用处，觉着喜欢就买下了。我想好木头迟早总会派上用处。

我走出院门看了看，大清早的，路上没几个人。地上的脚印也看不太清。我爬上屋顶，把整个村子观察了一遍，发现村南边有一户人正在盖房子，墙已经砌好了，几个人站在墙头上吆喝着上大梁。

我从房顶下来，背着手慢悠悠地走过去，没到跟前便一眼认出我的那根木头，它平展展地横在房顶上，因为太长，还被锯掉了一个小头。我看了一眼站在墙头上的几个人，全是本村的，认识。他们见我来了都停住活，呆呆地立在墙上。我也不理他们，两眼直直地盯住我的木头，一声不吭。

过了几分钟，房主人——一个叫胡木的干瘦老头勾着腰走到我跟前。

"大兄弟，你看，缺根大梁，一时急用买不上，大清早见你院子里扔着一根，就拿来用了，本打算等你睡醒了去给你送钱，这不……"，说着递上几张钱来。我没接，也没吭声。一扭头原背着手慢悠悠地回来了。

快中午时，我正在屋子里想事情，院门响了，敲得很轻，听上去远远的。我披了件衣服，不慌不忙地走过去，移开顶门的木棒。胡木家的两个儿子扛着根大木头直端端进了院子。把木头放到墙根，而后走到我跟前，齐齐地鞠了一躬，啥都没说就走了。

我过去看了看，这根木头比我的那根还粗些，木质也不错。我用草把它盖住，以防雨淋日晒。后来有几个人看上了这根木头，想买去做大梁，都被我拒绝了。我想留下自己用，却一直没派上用场，这根木头就这样在墙根躺了许多年，最后朽掉了。

我离开那个院子时，还特意过去踢了它一脚。我想最好能用它换几个钱。我不相信一根好木头就这样完蛋了。我躬下身把木头翻了个个，结果发现下面朽得更厉害，恐怕当柴火都烧不出烟火了。

这时，我又想起了被那户人家扛去做了大梁的那根木头，它现在怎么样了呢?

一根木头咋整都是几十年的光景，几十年一过，可能谁都好不到哪去。

我当时竟没想通这个道理。我有点可惜自己，不愿像那根木头一样朽在这个院子里。我离开了家。再后来，我就到了一个乌烟瘴气的城市里。我常常坐在阁楼里怀想那个院子，想从屋门到院门间的那段路。想那个红红绿绿的小菜园。那棵我看着它长大的沙枣树……我时常咳嗽，一到阴天就腿疼。这时我便后悔自己不该离开那个院子满世界乱跑，把腿早早地跑坏。我本来可以自然安逸地在那个院子里老去。错在我自视太高，总觉得自己是块材料，结果给用成这个样子。

现在我哪都去不了了，唯一的事情就是修理自己，像修理一架坏掉的老机器，这儿修好了，那儿又不行了。生活把一个人用坏便扔到一边不管了，剩下的都是你自己的事了。

我也像城市人一样，在楼房门外加了一道防盗门，两门前仅一拳的距离，有人找我，往往不敲外边的铁制防盗门，而是把手伸进来，直接敲里面的木门。我一开门就看见楼梯，一迈步就到外面了。

生活已彻底攻破了我的第一道门，一切东西都逼到了跟前。现在，我只有躲在唯一的一道门后面。

辑三

人生一知己，足以慰风尘

一过中午，
我便直着眼睛朝大街上眺望，
尤其注目骑车的年轻人和 5 路汽车的车站，
盼着朋友们来。
有那么一阵子我暂时忽略了死神。

晶莹的泪珠

　　我手里捏着一张休学申请书朝教务处走着。

　　我要求休学一年。我写了一张要求休学的申请书。我在把书面申请交给班主任的同时，又口头申述了休学的因由，发觉口头申述因为穷而休学的理由比书面申述更加难堪。好在班主任对我口头和书面申述的同一因由表示理解，没有经历太多的询问便在申请书下边空白的地方签写了"同意该生休学一年"的意见，自然也签上了他的名字和时间。他随之让我等一等，就拿着我写的申请书出门去了，回来时那申请书上就增加了校长的一行签字，比班主任的字签得少，自然也更简洁，只有"同意"二字，连姓名也简洁到只有一个姓，名字略去了。班主任对我说："你现在到教务处去办手续，开一张休学证书。"

　　我敲响了教务处的门板。获准以后便推开了门，一位年轻的女先生正伏在米黄色的办公桌上，手里提着长杆蘸水笔在一厚本表册上填写着什么，并不抬头。我知道开学报名时教务处最忙，忙就忙在许多要填写的各式表格上。我走到她的办公桌前鞠了一躬：“老师，给我开一张休学证书。”然后就把那张签着班主任和校长姓名和他们意见的申请递放到桌子上。

她抬起头来，诧异地瞅了我一眼，拎起我的申请书来看着，长杆蘸水笔还夹在指缝之间。她很快看完了，又专注地把目光留滞在纸页下端班主任签写的一行意见和校长更为简洁的意见上面，似乎两个人连姓名在内的十来个字的意见批示，看去比我大半页的申请书还要费时更多。她终于抬起头来问：

“就是你写的这些理由吗？”

“就是的。”

“不休学不行吗？”

“不行。”

“亲戚全都帮不上忙吗？”

“亲戚……也都穷。”

“可是……你休学一年，家里的经济状况也不见得能改变，一年后你怎么能保证复学呢？”

于是我就信心十足地告诉她我父亲的精确安排计划：待到明年我哥哥初中毕业，父亲谋划着让他投考师范学校，师范生的学杂费和伙食费全由国家供给，据说还发三块钱零花钱。那时候我就可以复学接着念初中了。我拿父亲的话给她解释，企图消除她对我能否复学的疑虑：“我伯伯说来，他只能供得住一个中学生；俺兄弟俩同时念中学，他供不住。”

我没有做更多的解释。我的爱面子的弱点早在此前已经形成。我不想再向任何人重复叙述我们家庭的困窘。父亲是个纯粹的农民，供着两个同时在中学念书的儿子。哥哥在距家四十多里远的县城中学，我在离家五十多里的西安一所新建的中学就读。在家里，我和哥哥可以合盖一条被子，破点旧点也关系不大。先是哥哥接着是我要离家到县城和省城的寄宿学校去念中学。每人就得有一套被褥行头，学费杂费伙食费和种种花销都空前增加了。实际上轮到我考上初中时已不再是考中秀才般的荣耀和喜庆，反而变成了一团浓厚的愁云忧雾笼罩在家室屋院的上空。我的行装已不能像哥哥那样有一套新被子新褥子和新床单，被简化到只能有一条旧被子卷成小卷儿背进城市里的学校。我的那一绺床板终日裸露着缝隙宽大的木质板面，晚上就把被子铺一半再盖上一半。我也不能像哥哥那样由父亲把一整袋面粉送交给学生灶，而只能是每周六回家来背一袋杂面馍馍到学校去，因为学校灶上的管理制度规定一律交麦子面，而我们家总是短缺麦子而苞谷面还算宽裕。这样的生活我并未意识到有什么不好，因为背馍上学的学生远远超过能搭得起灶的学生人数，每到三顿饭时，背馍的学生便在开水灶的一排供水龙头前排起五六列长队，把掰碎的各色馍块装进各自的大号搪瓷缸子里，用开水浸泡后，便三人一堆五人一伙围在乒乓球台的周围进餐，佐菜大都是花钱买的竹篓咸菜或家制的腌辣椒，说笑和争论的声浪甚至压倒了那些从灶房领取炒菜和热饭的"贵族阶层"。

这样的念书生活终于难以为继。父亲供给两个中学生的经济支柱，一是卖粮，一是卖树，而我印象最深的还是卖树。父亲自青年时就喜欢栽树，我们家四五块滩地地头的灌渠渠沿上，是纯一色的生长最快的小叶杨树，稠密到不足一步就是一棵，粗的可做檩条，细的能当椽子。父亲卖树早已打破了先大后小先粗后细的普通法则，一切都是随买家的需要而定，需要檩条就任其选择粗的，需要椽子就让他们砍伐细的。所得的票子全都经由哥哥和我的手交给了学校，或是换来书籍课本和作业本以及哥哥的菜票我的开水费。树卖掉后，父亲便迫不及待地刨挖树根，指头粗细的毛根也不轻易舍弃，把树根劈成小块晒干，然后装到两只大竹条笼里挑起来去赶集，卖给集镇上那些饭馆药铺或供销社单位。一百斤劈柴的最高时价为一点五元，得来的块把钱也都经由上述的相同渠道花掉了。直到滩地上的小叶杨树在短短的三四年间全部砍伐一空，地下的树根也掏挖干净，渠岸上留下一排新插的白杨枝条或手腕粗细的小树……

我上完初一第一学期，寒假回到家中便预感到要发生重要变故了。新年佳节弥漫在整个村巷里的喜庆气氛与我父亲眉宇间的那种根深蒂固的忧虑形成强烈的反差，直到大年初一刚刚过去的当天晚上，父亲便说出来谋划已久的决策："你得休一年学，一年。"他强调了一年这个时限。我没有感到太大的惊讶。在整个一个学期里，我渴盼星期六回家又惧怕星期六回家。我那年刚交十三岁，从未出过远门，而一旦出门便是五十多里远的陌生的城市，只有星期六才能回家一趟去背馍，且不要说一周里一天三顿开水泡馍所造成的对一碗面条的迫切渴望了。然而每个周六在吃罢一碗香喷喷的面条后便进入感情危机，我必须说出明天返校时要拿的钱数儿，一元班会费或五毛集体买理发工具的款项。我知道一根丈五长的椽子只能卖到一点五元钱，一丈长的椽子只有八角到一块的浮动区。我往往在提出要钱数目之前就折合出来这回要扛走父亲一根或两根椽子，或者是多少斤树根劈柴。我必须在周六晚上提前提出钱数，以便父亲可以从容地去借款。每当这时我就看见父亲顿时阴沉下来的脸色和眼神，同时，夹杂着短促的叹息。我便低了头或扭开脸不看父亲的脸。母亲的脸色同样忧愁，我似乎可以看；而父亲的脸眼一旦成了那种样子，我就不忍对看或者不敢对看。父亲生就的是一脸的豪壮气色，高眉骨大眼睛统直的高鼻梁和鼻翼两边很有力度的两道弯沟，忧愁蒙结在这样一张脸上似乎就不堪一睹……我曾经不止一次地产生过这样的念头，为什么一定要念中学呢？村子里不是有许多同龄伙伴没有考取初中仍然高高兴兴地给牛割草给灶里拾柴吗？我为什么要给父亲那张脸上周期性地制造忧愁呢……父亲接着就讲述了他得让哥哥一年后投考师范的谋略，然后可以供我复学念初中了。他怕影响一家人过年的兴头儿，所以压在心里直到过了初一才说出来。我说："休学。"父亲安慰我说："休学一年不要紧，你年龄小。"我也不以为休学一年有多么严重，因为同班的五十多名男女同学中有不少人都结过婚，既有孩子的爸爸，也有做了妈妈的，这在五十年代初并不奇怪。解放后才获得上学机会的乡村青年不限年龄。我是班里年龄最小个头最矮的一个，座位排在头一张课桌上。我轻松地说："过一年个子长高了，我就不坐头排头一张桌子咧——上课扭得人脖子疼……"父亲依然无奈地说：

"钱的来路断咧！树卖完了——"

她放下夹在指缝间的木质长杆蘸水笔，合上一本很厚很长的登记簿，站起来说："你等等，我就来。"我就坐在一张椅子上等待，总是止不住她出去干什么的猜想。过了一阵儿她回来了，情绪有些亢奋也有点激动，一坐到她的椅子上就说："我去找校长了……"我明白了她的去处，似乎验证了我刚才的几种猜想中的一种，心里也怦然动了一下。她没有谈她找校长说了什么，也没有说校长给她说了什么。她现在双手扶在桌沿上低垂着眼，久久不说一句话。她轻轻舒了一口气，仰起头来时我就发现，亢奋的情绪已经隐退，温柔妩媚的气色渐渐回归到眼角和眉宇里来了，似乎有一缕淡淡的无能为力的无奈。

她又轻轻舒了口气，拉开抽屉取出一本公文本在桌子上翻开，从笔筒里抽出那支木杆蘸水笔，在墨水瓶里蘸上墨水后又停下手，问："你家里就再想不下①办法了？"我看着那双滋浮着忧郁气色的眼睛，忽然联想到姐姐的眼神。这种眼神足以使任何被痛苦折磨着的心平静下来，足以使任何被痛苦折磨得心力交瘁

————————

① 想不下：陕西方言，指想不出。

的灵魂得到抚慰，足以使人沉静地忍受痛苦和劫难而不至于沉沦。我突然意识到因为我的休学致使她心情不好这个最简单的推理。而在校长班主任和她中间，她恰好是最不应该产生这种心情的。她是教务处的一位年轻职员，平时就是在教务处做些抄抄写写的事，在黑板上写一些诸如打扫卫生的通知之类的事，我和她几乎没有说过话，甚至至今也记不住她的姓名。我便说："老师，没关系。休学一年没啥关系，我年龄小。"她说："白白耽搁一年多可惜！"随之又换了一种口吻说，"我知道你的名字也认得你。每个班前三名的学生我都认识。"我的心情突然灰暗起来而没有再开口。

她终于落笔填写了公文函，取出公章在下方盖了，又在切割线上盖上一枚合缝印章，吱吱吱撕下并不交给我，放在桌子上，然后把我的休学申请书抹上糨糊后贴在公文存根上。她做完这一切才重新拿起休学证书交给我说："装好。明年复学时拿着来找我。"我把那张硬质纸印制的休学证书折叠了两番装进口袋。她从桌子那边绕过来，又从我的口袋里掏出来塞进我的书包里，说："明年这阵儿你一定要来复学。"

我向她深深地鞠了躬就走出门去。我听到背后咣当一声闭门的声音，同时也听到一声"等等"。她拢了拢齐肩的整齐的头发朝我走来，和我并排在廊檐下的台阶上走着，两只手插在外套的口袋里。走过一个又一个窗户，走过一个又一个教室的前门和后门，校园里和教室里出出进进着男女同学，有的忙着去注册去交费，有的已经抱着一摞摞新课本新作业本走进教室，还有从校门口刚刚进来的背着被卷馍袋的迟来者。我忽然心情很不好受，在争取得到了休学证后心劲松了吗？我很不愿意看见同班同学的熟悉的脸孔，便低了头匆匆走起来，凭感觉可以知道她也加快了脚步，几乎和我同时走出学校大门。

学校门口又涌来一拨偏远地区的学生，熟悉的同学便连连问我："你来得早！报过名了吧？"我含糊地笑笑就走过去了，想尽快远离正在迎接新学期的洋溢着欢跃气浪的学校大门。她又喊了一声"等等"。我停住脚步。她走过来拍了拍我的书包："甭把休学证弄丢了。"我点点头。她这时才有一句安慰我的话："我同意你的打算，休学一年不要紧，你年龄小。"

我抬头看她，猛然看见那双眼睫毛很长的眼眶里溢出泪水来，像雨雾中正在涨溢的湖水，泪珠在眼里打着旋儿，晶莹透亮。我瞬即垂下头避开目光。要是再在她的眼睛里多驻留一秒，我肯定就会号啕大哭。我低着头咬着嘴唇，脚下盲目地拨弄着一颗碎瓦片来抑制情绪，感觉到有一股热辣辣的酸流从鼻腔倒灌进喉咙里去。我后来的整个生命历程中发生过多少这种酸水倒流的事，而倒流的渠道却是从十四岁刚来到的这个生命年轮上第一次疏通的。第一次疏通的倒流的酸水的渠道肯定狭窄，承受不下那么多的酸水，因而还是有一小股从眼睛里冒出来，模糊了双眼，顺手就用袖头揩掉了。我终于仰起头鼓起劲儿说："老师……我走咧……"

她的手轻轻搭上我的肩头："记住，明年的今天来报到复学。"

我看见两滴晶莹的泪珠从眼睫毛上滑落下来，掉在脸鼻之间的谷地上，缓缓流过一段就在鼻翼两边挂住。我再一次虔诚地深深鞠躬，然后就转过身走掉了。

二十五年后，卖树卖树根（劈柴）供我念书的父亲在癌病弥留之际，对坐在他身边的我说："我有一件事对不住你……"

我惊讶得不知所措。

"我不该让你休那一年学！"

我浑身战栗，久久无言。我像被一吨烈性梯恩梯①炸成碎块细末儿飞向天空，又似乎跌入千年冰窖而冻僵四肢冻僵躯体也冻僵了心脏。在我高中毕业名落孙山回到乡村的无边无际的彷徨苦闷中，我曾经猴急似的怨天尤人："全都倒霉在休那一年学……"我一九六二年毕业恰逢中国经济最困难的年月，高校招生任务大大缩小，我们班里剃了光头，四个班也仅仅只考取了一个个位数，而在上一年的毕业生里我们这所不属重点的学校也有百分之五十的学生考取了大学。我如果不是休学一年当是一九六一年毕业……父亲说："错过一年……让你错过了二十年……而今你还算熬出点名堂了……"

我感觉到炸飞的碎块细末儿又归结成了原来的我，冻僵的四

---

① 梯恩梯：TNT 的音译，一种黄色炸药。

肢自如了冻僵的躯体灵便了冻僵的心又喹喹喹跳起来的时候,猛然想起休学出门时那位女老师溢满眼眶又流挂在鼻翼上的晶莹的泪珠儿。我对已经跨进黄泉路上半步的依然向我忏悔的父亲讲了那一串泪珠的经历,我称呼伯伯的父亲便安然合上了眼睛,喃喃地说:"可你……怎么……不早点给我……说这女先生哩……"

我今天终于把几近四十年前的这一段经历写出来的时候,对自己算是一种虔诚祈祷。当各种欲望膨胀成一股强大的浊流冲击所有大门、窗户和每一个心扉的当今,我便企望自己如女老师那种泪珠的泪泉不致堵塞更不敢枯竭,那是滋养生命灵魂的泉源,也是滋润民族精神的泉源哦……

1993年11月22日于渭南

我二十一岁那年

◆ 史铁生

友谊医院神经内科病房有十二间病室，除去1号2号，其余十间我都住过。当然，绝不为此骄傲。即便多么骄傲的人，据我所见，一躺上病床也都谦恭。1号和2号是病危室，是一步登天的地方，上帝认为我住那儿为时尚早。

十九年前，父亲搀扶着我第一次走进那病房。那时我还能走，走得艰难，走得让人伤心就是了。当时我有过一个决心：要么好，要么死，一定不再这样走出来。

正是晌午，病房里除了病人的微鼾，便是护士们轻极了的脚步，满目洁白，阳光中飘浮着药水的味道，如同信徒走进了庙宇，我感觉到了希望。一位女大夫把我引进10号病室。她贴近我的耳朵轻轻柔柔地问："午饭吃了没？"我说："您说我的病还能好吗？"她笑了笑。记不得她怎样回答了，单记得她说了一句什么之后，父亲的愁眉也略略地舒展。女大夫步履轻盈地走后，我永远留住了一个偏见：女人是最应该当大夫的，白大褂是她们最优雅的服装。

那天恰是我二十一岁生日的第二天。我对医学对命运都还未及了解，不知道病出在脊髓上将是一件多么麻烦的事。我舒心地躺下来睡了个好觉。心想：十天，一个月，好吧就算是三个月，然后我就又能是原来的样子了。和我一起插队的同学来看我时，也都这样想，他们给我带来很多书。

10号有六个床位。我是6床。5床是个农民，他天天都盼着出院。"光房钱一天一块一毛五，你算算得啦，"5床说，"'死病'值得了这么些？"3床就说："得了嘿，你有完没完！死死死，数你悲观。"4床是个老头，说："别介别介，咱毛主席有话啦——既来之，则安之。"农民便带笑地把目光转向我，却是对他们说："敢情你们都有公费医疗。"他知道我还在与贫下中农相结合。1床不说话，1床一旦说话即可出院。2床像是个有些来头的人，举手投足之间便赢得大伙儿的敬畏。2床幸福地把一切名词都忘了，包括忘了自己的姓名。2床讲话时，所有名词都以"这个""那个"代替，因而讲到一些轰轰烈烈的事迹却听不出是谁人所为。4床说："这多好，不得罪人。"

我不搭茬儿。刚有的一点儿舒心顷刻全光。一天一块多房钱都要从父母的工资里出，一天好几块的药钱、饭钱都要从父母的工资里出，何况为了给我治病家中早已是负债累累了。我马上就想那农民之所想了：什么时候才能出院呢？我赶紧松开拳头让自己放明白点儿：这是在医院不是在家里，这儿没人会容忍我发脾气，而且砸坏了什么还不是得用父母的工资去赔？所幸身边有书，想来想去只好一头埋进书里去，好吧好吧，就算是三个月！我平白地相信这样一个期限。

可是三个月后我不仅没能出院，病反而更厉害了。

那时我和2床一起住到了7号。2床果然不同寻常，是位局长，十一级干部，但还是多了一级，非十级以上者无缘去住高干病房的单间。7号是这普通病房中唯一仅设两张病床的房间，最接近单间，故一向由最接近十级的人去住。据说刚有个十三级从这儿出去。2床搬来名正言顺。我呢？护士长说是"这孩子爱读书"，让我帮助2床把名词重新记起来。"你看他连自己是谁都闹不清了。"护士长说。但2床却因此越来越让人喜欢。因为"局长"也是名词也在被忘之列，我们之间的关系日益平等、融洽。有一天他问我："你是干什么的？"我说："插队的。"2床说他的"那个"也是，两个"那个"都是，他在高出他半个头的地方比画一下："就是那两个，我自己养的。""您是说您的两个儿子？"他说对，儿子。他说好哇，革命嘛就不能怕苦，就是要去结合。他说："我们当初也是从那儿出来的嘛。"我说："农村？""对对对。什么？""农村。""对对对农村。别忘本呀！"我说是。我说："您的家乡是哪儿？"他于是抱着头想好久。这一回我也没办法提醒他。最后他骂一句，不想了，说："我也放过那玩意儿。"他在头顶上伸直两个手指。

"是牛吗？"他摇摇头，手往低处一压。"羊？""对了，羊。我放过羊。"他躺下，双手垫在脑后，甜甜蜜蜜地望着天花板老半天不言语。大夫说他这病叫作"角回综合征，命名性失语"，并不影响其他记忆，尤其是遥远的往事更都记得清楚。我想局长到底是局长，比我会得病。他忽然又坐起来："我的那个，喂，小什么来？""小儿子？""对！"他怒气冲冲地跳到地上，说："那个小玩意儿，娘个×！"说："他要去结合，我说好嘛我支持。"说："他来信要钱，说要办个这个。"他指了指周围，我想"那个小玩意儿"可能是要办个医疗站。他说："好嘛，要多少？我给。可那个小玩意儿！"他背着手气哼哼地来回走，然后停住，两手一摊，"可他又要在那儿结婚！""在农村？""对。农村。""跟农民？""跟农民。"无论是根据我当时的思想觉悟，还是根据报纸电台当时的宣传倡导，这都是值得肃然起敬的。"扎根派。"我钦佩地说。"娘了个×派！"他说，"可你还要不要回来嘛！"这下我有点儿发蒙。见我愣着，他又一跺脚，补充道："可你还要不要革命？"这下我懂了，先不管革命是什么，2床的坦诚却令人欣慰。

不必去操心那些玄妙的逻辑了。整个冬天就快过去，我反倒挂着拐杖都走不到院子里去了，双腿日甚一日地麻木，肌肉无可遏止地萎缩，这才是需要发愁的。

我能住到7号来，事实上是因为大夫护士们都同情我。因为我还这么年轻，因为我是自费医疗，因为大夫护士都已经明白我这病的前景极为不妙，还因为我爱读书——在那个"知识越多越反动"的年代，大夫护士们尤为喜爱一个爱读书的孩子。他们还把我当孩子。他们的孩子有不少也在插队。护士长好几次在我母亲面前夸我，最后总是说："唉，这孩子……"这一声叹，暴露了当代医学的爱莫能助。他们没有别的办法帮助我，只能让我住得好一点儿，安静些，读读书吧——他们可能是想，说不定书中能有"这孩子"一条路。

可我已经没了读书的兴致。整日躺在床上，听各种脚步从门外走过；希望他们停下来，推门进来，又希望他们千万别停，走过去走他们的路去别来烦我。心里荒荒凉凉地祈祷：上帝如果你不收我回去，就把能走路的腿也给我留下！我确曾在没人的时候双手合十，出声地向神灵许过愿。多年以后才听一位无名的哲人说过：危卧病榻，难有无神论者。如今来想，有神无神并不值得争论，但在命运的混沌之点，人自然会忽略着科学，向虚冥之中寄托一份虔敬的祈盼。正如迄今人类最美好的向往也都没有实际的验证，但那向往并不因此消灭。

主管大夫每天来查房，每天都在我的床前停留得最久："好吧，别急。"按规矩主任每星期查一次房，可是几位主任时常都来看看我："感觉怎么样？嗯，一定别着急。"有那么些天全科的大夫都来看我，八小时以内或以外，单独来或结队来，检查一番各抒主张，然后都对我说："别着急，好吗？千万别急。"从他们谨慎的言谈中我渐渐明白了一件事：我这病要是因为一个肿瘤的捣鬼，把它打出来切下去随便扔到一个垃圾桶里，我就还能直立行走，否则我多半就是把祖先数百万年进化而来的这一优势给弄丢了。

窗外的小花园里已是桃红柳绿，二十二个春天没有哪一个像这样让人心抖。我已经不敢去羡慕那些在花丛树行间漫步的健康人和在小路上打羽毛球的年轻人。我记得我久久地看过一个身着病服的老人，在草地上踱着方步晒太阳；只要这样我想只要这样！只要能这样就行了就够了！我回忆脚踩在软软的草地上是什么感觉，想走到哪儿就走到哪儿是什么感觉，踢一颗路边的石子，踢着它走是什么感觉，没这样回忆过的人不会相信，那竟是回忆不出来的！老人走后我仍呆望着那块草地，阳光在那儿慢慢地淡薄，脱离，凝作一缕孤哀凄寂的红光一步步爬上墙，爬上楼顶……我写下一句歪诗：轻拨小窗看春色，漏入人间一斜阳。日后我摇着轮椅特意去看过那块草地，并从那儿张望7号窗口，猜想那玻璃后面现在住的谁，上帝打算为他挑选什么前程。当然，上帝用不着征求他的意见。

我乞求，上帝不过是在和我开着一个临时的玩笑——在我的脊椎里装进了一个良性的瘤子。对对，它可以长在椎管内，但必须要长在软膜外，那样才能把它剥离而不损坏那条珍贵的脊髓。"对不对，大夫？""谁告诉你的？""对不对吧？"大夫说："不过，看来不太像肿瘤。"我用目光在所有的地方写下"上帝保佑"，我想，或许把这四个字写到千遍万遍就会赢得上帝的怜悯，让它是个瘤子，一个善意的瘤子。要么干脆是个恶毒的瘤子，能要命的那一种，那也行。总归得是瘤子，上帝！

　　朋友送了我一包莲子，无聊时我捡几颗泡在瓶子里，想，赌不赌一个愿？——要是它们能发芽，我的病就不过是个瘤子。但我战战兢兢地一直没敢赌。谁料几天后莲子竟都发芽。我想好吧我赌！我想其实我压根儿是倾向于赌的。我想倾向于赌事实上就等于是赌了。我想现在我还敢赌——它们一定能长出叶子！（这是明摆着的。）我每天给它们换水，早晨把它们移到窗台西边，下午再把它们挪到东边，让它们总在阳光里；为此我抓住床栏走，扶住窗台走，几米路我走得大汗淋漓。这事我不说，没人知道。不久，它们长出一片片圆圆的叶子来。"圆"，又是好兆。我更加周到地伺候它们，坐回到床上气喘吁吁地望着它们，夜里醒来在月光中也看看它们：好了，我要转运了。并且忽然注意到"莲"与"怜"谐意，毕恭毕敬地想：上帝终于要对我发发慈悲了吧？这些事我不说没人知道。叶子长出了瓶口，闲人要去摸，我不让，他们硬是摸了呢，我便在心里加倍地祈祷几回。这些事我不说，现在也没人知道。然而科学胜利了，它三番五次地说那儿没有瘤子，没有没有。果然，上帝直接在那条娇嫩的脊髓上做了手脚！定案之日，我像个冤判的屈鬼那样疯狂地作乱，挣扎着站起来，心想干吗不能跑一回给那个没良心的上帝瞧瞧？后果很简单，如果你没摔死你必会明白：确实，你干不过上帝。

我终日躺在床上一言不发，心里先是完全的空白，随后由着一个死字去填满。王主任来了。（那个老太太，我永远忘不了她。还有张护士长。八年以后和十七年以后，我两次真的病到了死神门口，全靠这两位老太太又把我抢下来。）我面向墙躺着，王主任坐在我身后许久不说什么，然后说了，话并不多，大意是：还是看看书吧，你不是爱看书吗？人活一天就不要白活。将来你工作了，忙得一点儿时间都没有，你会后悔这段时光就让它这么白白地过去了。这些话当然并不能打消我的死念，但这些话我将受用终生，在以后的若干年里我频繁地对死神抱有过热情，但在未死之前我一直记得王主任这些话，因而还是去做些事。使我没有去死的原因很多（我在另外的文章里写过），"人活一天就不要白活"亦为其一，慢慢地去做些事于是慢慢地有了活的兴致和价值感。有一年我去医院看她，把我写的书送给她，她已是满头白发了，退休了，但照常在医院里从早忙到晚。我看着她想，这老太太当年必是心里有数，知道我还不至于去死，所以她单给我指一条活着的路。可是我不知道当年我搬离7号后，是谁最先在那儿发现过一团电线？并对此做过什么推想？那是个秘密，现在也不必说。假定我那时真的去死了呢？我想找一天去问问王主任。我想，她可能会说"真要去死那谁也管不了"；可能会说"要是你找不到活着的价值，迟早还是想死"；可能会说"想一想死倒也不是坏事，想明白了倒活得更自由"；可能会说"不，我看得出来，你那时离死神还远着呢，因为你有那么多好朋友"。

　　友谊医院——这名字叫得好。"同仁""协和""博爱""济慈",这样的名字也不错,但或稍嫌冷静,或略显张扬,都不如"友谊"听着那么平易、亲近。也许是我的偏见。二十一岁末尾,双腿彻底背叛了我,我没死,全靠着友谊。还在乡下插队的同学不断写信来。软硬兼施劝骂并举,以期激起我活下去的勇气;已转回北京的同学每逢探视日必来看我,甚至非探视日他们也能进来。"怎进来的你们?""咳,闭上一只眼睛想一会儿就进来了。"这群插过队的,当年可以凭一张站台票走南闯北,甭担心还有他们走不通的路。那时我搬到了加号。加号原来不是病房,里面有个小楼梯间,楼梯间弃置不用了,余下的地方仅够放一张床,虽然窄小得像一节烟筒,但毕竟是单间,光景固不可比十级,却又非十一级可比。这又是大夫护士们的一番苦心,见我的朋友太多,都是少男少女难免说笑得不管不顾,既不能影响了别人又不可剥夺了我的快乐,于是给了我十点五级的待遇。加号的窗口朝向大街,我的床紧挨着窗,在那儿我度过了二十一岁中最惬意的时光。每天上午我就坐在窗前清清静静地读书,很多名著我都是在那时读到的,也开始像模像样地学着外语。一过中午,我便直着眼睛朝大街上眺望,尤其注目骑车的年轻人和5路汽车的车站,盼着朋友们来。有那么一阵子我暂时忽略了死神。朋友们来了,带书来,带外面的消息来,带安慰和欢乐来,带新朋友来,新朋友又带新的朋友来,然后都成了老朋友。以后的多少年里，友谊一直就这样在我身边扩展，在我心里深厚。把加号的门关紧，我们自由地嬉笑怒骂，毫无顾忌地议论世界上所有的事，高兴了还可以轻声地唱点儿什么——陕北民歌，或插队知青自己的歌。晚上朋友们走了，在小台灯幽寂而又喧嚣的光线里，我开始想写点儿什么，那便是我创作欲望最初的萌生。我一时忘记了死，还因为什么？还因为爱情的影子在隐约地晃动。那影子将长久地在我心里晃动，给未来的日子带来幸福也带来痛苦，尤其带来激情，把一个绝望的生命引领出死谷；无论是幸福还是痛苦，都会成为永远的珍藏和神圣的纪念。

二十一岁、二十九岁、三十八岁，我三进三出友谊医院，我没死，全靠了友谊。后两次不是我想去勾结死神，而是死神对我有了兴趣；我高烧到四十多度，朋友们把我抬到友谊医院，内科说没有护理截瘫病人的经验，柏大夫就去找来王主任，找来张护士长，于是我又住进神内病房。尤其是二十九岁那次，高烧不退，整天昏睡、呕吐，差不多三个月不敢闻饭味，光用血管去喝葡萄糖，血压也不安定，先是低压升到一百二接着高压又降到六十，大夫们一度担心我活不过那年冬天了——肾，好像是接近完蛋的模样，治疗手段又像是接近于无了。我的同学找柏大夫商量，他们又一起去找唐大夫。要不要把这事告诉我父亲？他们决定：不。告诉他，他还不是白着急？然后他们分了工：死的事由我那同学和柏大夫管，等我死了由他们去向我父亲解释；活着的我由唐大夫多多关照。唐大夫说："好，我可以以教学的理由留他在这儿，他活一天就还要想一天办法。"当然，这些事都是我后来听说的。真是人不当死鬼神奈何其不得，冬天一过我又活了，看样子极可能活到下一个世纪去。唐大夫就是当年把我接进10号的那个大夫，就是那个步履轻盈温文尔雅的女大夫，但八年过去她已是两鬓如霜了。又过了九年，我第三次住院时唐大夫已经不在。听说我又来了，科里的老大夫、老护士们都来看我，问候我，夸我的小说写得还不错，跟我叙叙家常，唯唐大夫不能来了。我知道她不能来了，她不在了。我曾摇着轮椅去给她送过一个小花圈，大家都说："她是累死的，她肯定是累死的！"我永远记得她把我迎进病房的那个中午，她贴近我的耳边轻轻柔柔地问："午饭吃了没？"倏忽之间，怎么，她已经不在了？她不过才五十岁出头。这事真让人哑口无言，总觉得不大说得通，肯定是谁把逻辑摆弄错了。

但愿柏大夫这一代的命运会好些。实际只是当着众多病人时我才叫她柏大夫。平时我叫她"小柏"她叫我"小史"。她开玩笑时自称是我的"私人保健医"，不过这不像玩笑这很近实情。近两年我叫她"老柏"她叫我"老史"了。十九年前的深秋，病房里新来个卫生员，梳着短辫儿，戴一条长围巾穿一双黑灯芯绒鞋，虽是一口地道的北京城里话，却满身满脸的乡土气尚未退尽。"你也是插队的？"我问她。"你也是？"听得出来，她早已知道了。"你哪届？""老初二。你呢？""我六八，老初一。你哪儿？""陕北。你哪儿？""我内蒙。"这就行了，全明白了，这样的招呼是我们这代人的专利，这样的问答立刻把我们拉近。我料定，几十年后这样的对话仍会在一些白发苍苍的人中间流行，仍是他们之间最亲切的问候和最有效的沟通方式；后世的语言学者会煞费苦心地对此做一番考证，正儿八经地写一篇论文去得一个学位。而我们这代人是怎样得一个学位的呢？十四五岁停学，十七八岁下乡，若干年后回城，得一个最被轻视的工作，但在农村待过了还有什么工作不能干的呢，同时学心不死业余苦读，好不容易上了个大学，毕业之后又被轻视——因为真不巧你是个"工农兵学员"，你又得设法摘掉这个帽子，考试考试考试这代人可真没少考试，然后用你加倍的努力让老的少的都服气，用你的实际水平和能力让人们相信你配得上那个学位——比如说，这就是我们这代人得一个学位的典型途径。这还不是最坎坷的途径。"小柏"变成"老柏"，那个卫生员成为柏大夫，大致就是这么个途径，我知道，因为我们已是多年的朋友。她的丈夫大体上也是这么走过来的，我们都是朋友了；连她的儿子也叫我"老史"。闲下来细细去品，这个"老史"最令人羡慕的地方，便是一向活在友谊中。真说不定，这与我二十一岁那年恰恰住进了"友谊"医院有关。

　　因此偶尔有人说我是活在世外桃源，语气中不免流露了一点儿讥讽，仿佛这全是出于我的自娱甚至自欺。我颇不以为然。我既非活在世外桃源，也从不相信有什么世外桃源。但我相信世间桃源，世间确有此源，如果没有恐怕谁也就不想再活；倘此源有时弱小下去，依我看，至少讥讽并不能使其强大。千万年来它作为现实，更作为信念，这才不断。它源于心中再流入心中，它施于心又由于心，这才不断。欲其强大，舍心之虔诚又向何求呢？

也有人说我是不是一直活在童话里，语气中既有赞许又有告诫。赞许并且告诫，这很让我信服。赞许既在，告诫并不意指人们之间应该加固一条防线，而只是提醒我：童话的缺憾不在于它太美，而在于它必要走进一个更为纷繁而且严酷的世界，那时只怕它太娇嫩。

事实上在二十一岁那年，上帝已经这样提醒我了，他早已把他的超级童话和永恒的谜语向我略露端倪。

住在4号时，我见过一个男孩。他那年七岁，家住偏僻的山村，有一天传说公路要修到他家门前了，孩子们都翘首以待好梦联翩。公路终于修到，汽车终于开来，乍见汽车，孩子们惊讶兼着胆怯，远远地看。日子一长孩子便有奇想，发现扒住卡车的尾巴可以威风凛凛地兜风，他们背着父母玩得好快活。可是有一次，只一次，这七岁的男孩失手从车上摔了下来。他住进医院时已经不能跑，四肢肌肉都在萎缩。病房里很寂寞，孩子一瘸一瘸地到处串；淘得过分了，病友们就说他："你说说你是怎么伤的？"孩子立刻低了头，老老实实地一动不动。"说呀？""说，因为什么？"孩子嗫嚅着。"喂，怎么不说呀？给忘啦？""因为扒汽车。"孩子低声说。"因为淘气。"孩子补充道。他在诚心诚意地承认错误。大家都沉默，除了他自己谁都知道：这孩子伤在脊髓上，那样的伤是不可逆的。孩子仍不敢动，规规矩矩地站着用一双正在萎缩的小手擦眼泪。终于会有人先开口，语调变得哀柔："下次还淘不淘了？"孩子很熟悉这样的宽容或原谅，马上使劲摇头："不，不，不了！"同时松一口气了。但这一回不同以往，怎么没有人接着向他允诺"好啦，只要改了就还是好孩子"呢？他睁大眼睛去看每一个大人，那意思是：还不行吗？再不淘气了还不行吗？他不知道，他还不懂，命运中有一种错误是只能犯一次的，并没有改正的机会，命运中有一种并非是错误的错误（比如淘气，是什么错误呢），但它却是不被原谅的。那孩子小名叫"五蛋"，我记得他，那时他才七岁，他不知道，他还不懂。未来，他势必有一天会知道，可他势必有一天就会懂吗？但无论如何，那一天就是一个童话的结尾。在所有童话的结尾处，让我们这样理解吧：上帝为锤炼生命，将布设下一个残酷的谜语。

住在6号时，我见过有一对恋人。那时他们正是我现在的年纪，四十岁。他们是大学同学。男的二十四岁时本来就要出国留学，日期已定，行装都备好，可命运无常，不知因为什么屁大的一点儿事不得不拖延一个月，偏就在这一个月里因为一次医疗事故他瘫痪了。女的对他一往情深，等着他，先是等着他病好，没等到；然后还等着他，等着他同意跟她结婚，还是没等到。外界的和内心的阻力重重，一年一年，男的既盼着她来又说服着她走。但一年一年，病也难逃爱也难逃，女的就这么一直等着。有一次她狠了狠心，调离北京到外地去工作了，但是斩断感情却不这么简单，而且再想调回北京也不这么简单，女的只要有三天假期也迢迢千里地往北京跑。男的那时病更重了，全身都不能动了，和我同住一个病室。女的走后，男的对我说过："你要是爱她，你就不能害她，除非你不爱她，可是你又为什么要结婚呢？"男的睡着了，女的对我说过："我知道他这是爱我，可他不明白其实这是害我，我真想一走了事，我试过，不行，我知道我没法不爱他。"女的走了男的又对我说过："不不，她还年轻，她还有机会，她得结婚，她这人不能没有爱。"男的睡了女的又对我说过："可什么是机会呢？机会不在外面在心里，结婚的机会有可能在外边，可爱情的机会只能在心里。"女的不在时，我把她的话告诉男的，男的默然垂泪。我问他："你干吗不能跟她结婚呢？"他说："这你还不懂。"他说："这很难说得清，因为你活在整个这个世界上。"他说："所以，有时候这不是光由两个人就能决定的。"我那时确实还不懂。我找到机会又问女的："为什么不是两个人就能决定的？"她说："不，我不这么认为。"她说："不过确实，有时候这确实很难。"她沉吟良久，说："真的，跟你说你现在也不懂。"十九年过去了，那对恋人现在该已经都是老人。我不知道现在他们各自在哪儿，我只听说他们后来还是分手了。十九年中，我自己也有过爱情的经历了，现在要是有个二十一岁的人问我爱情都是什么？大概我也只能回答：真的，这可能从来就不是能说得清的。无论她是什么，她都很少属于语言，而是全部属于心的。还是那位台湾作家三毛说得对：爱如禅，不能说不能说，一说就错。那也是在一个童话的结尾处，上帝为我们能够永远地追寻着活下去，而设置的一个残酷却诱人的谜语。

　　二十一岁过去，我被朋友们抬着出了医院，这是我走进医院时怎么也没料到的。我没有死，也再不能走，对未来怀着希望也怀着恐惧。在以后的年月里，还将有很多我料想不到的事发生，我仍旧有时候默念着"上帝保佑"而陷入茫然。但是有一天我认识了神，他有一个更为具体的名字——精神。在科学的迷茫之处，在命运的混沌之点，人唯有乞灵于自己的精神。不管我们信仰什么，都是我们自己的精神的描述和引导。

初冬

初冬，我走在清凉的街道上，遇见了我的弟弟。

"莹姐，你走到哪里去？"

"随便走走吧！"

"我们去吃一杯咖啡，好不好，莹姐。"

咖啡店的窗子在帘幕下挂着苍白的霜层。我把领口脱着毛的外衣搭在衣架上。

我们开始搅着杯子铃啷的响了。

"天冷了吧！并且也太孤寂了，你还是回家的好。"弟弟的眼睛是深黑色的。

我摇了头，我说："你们学校的篮球队近来怎么样？还活跃吗？你还很热心吗？"

"我掷筐掷得更进步，可惜你总也没到我们球场上来了。你这样不畅快是不行的。"

我仍搅着杯子，也许飘流久了的心情，就和离了岸的海水一般，若非遇到大风是不会翻起的。我开始弄着手帕。弟弟再向我说什么我已不去听清他，仿佛自己是沉坠在深远的幻想的井里。

我不记得咖啡怎样被我吃干了杯了。茶匙在搅着空的杯子时，弟弟说："再来一杯吧！"

女侍者带着欢笑一般飞起的头发来到我们桌边，她又用很响亮的脚步摇摇地走了去。

也许因为清早或天寒，再没有人走进这咖啡店。在弟弟默默看着我的时候，在我的思想凝静得玻璃一般平的时候，壁间暖气管小小嘶鸣的声音都听得到了。

"天冷了，还是回家好，心情这样不畅快，长久了是无益的。"

"怎么！"

"太坏的心情与你有什么好处呢？"

"为什么要说我的心情不好呢？"

我们又都搅着杯子。有外国人走进来，那响着嗓子的、嘴不住在说的女人，就坐在我们的近边。她离得我越近，我越嗅到她满衣的香气，那使我感到她离得我更辽远，也感到全人类离得我更辽远。也许她那安闲而幸福的态度与我一点联系也没有。

我们搅着杯子，杯子不能像起初搅得发响了。街车好像渐渐多了起来，闪在窗子上的人影，迅速而且繁多了。隔着窗子，可以听到喑哑的笑声和喑哑的踏在行人道上的鞋子的声音。

"莹姐，"弟弟的眼睛深黑色的。"天冷了，再不能飘流下去，回家去吧！"弟弟说，"你的头发这样长了，怎么不到理发店去一次呢？"我不知道为什么被他这话所激动了。

也许要熄灭的灯火在我心中复燃起来，热力和光明鼓荡着我：

"那样的家我是不想回去的。"

"那么飘流着，就这样飘流着？"弟弟的眼睛是深黑色的。他的杯子留在左手里边，另一只手在桌面上，手心向上翻张了开来，要在空间摸索着什么似的。最后，他是捉住自己的领巾。我看着他在抖动的嘴唇："莹姐，我真担心你这个女浪人！"他牙齿好像更白了些，更大些，而且有力了，而且充满热情了。为热情而波动，他的嘴唇是那样的退去了颜色。并且他的全人有些近乎狂人，然而安静，完全被热情侵占着。

出了咖啡店，我们在结着薄碎的冰雪上面踏着脚。

初冬，早晨的红日扑着我们的头发，这样的红光使我感到欣快和寂寞。弟弟不住地在手下摇着帽子，肩头耸起了又落下了；心脏也是高了又低了。

渺小的同情者和被同情者离开了市街。

停在一个荒败的枣树园的前面时，他突然把很厚的手伸给了我，这是我们要告别了。

"我到学校去上课！"他脱开我的手，向着我相反的方向背转过去。可是走了几步，又转回来：

"莹姐，我看你还是回家的好！"

"那样的家我是不能回去的，我不愿意受和我站在两极端的父亲的豢养……"

"那么你要钱用吗？"

"不要的。"

"那么，你就这个样子吗？你瘦了！你快要生病了！你的衣服也太薄啊！"弟弟的眼睛是深黑色的，充满着祈祷和愿望。我们又握过手，分别向不同的方向走去。

太阳在我的脸面上闪闪耀耀。仍和未遇见弟弟以前一样，我穿着街头，我无目的地走。寒风，刺着喉头，时时要发作小小的咳嗽。

弟弟留给我的是深黑色的眼睛，这在我散漫与孤独的流荡人的心板上，怎能不微温了一个时刻？

1935年初冬

藤野先生

◆ 鲁迅

　　东京也无非是这样。上野的樱花烂熳的时节，望去确也像绯红的轻云，但花下也缺不了成群结队的"清国留学生"的速成班，头顶上盘着大辫子，顶得学生制帽的顶上高高耸起，形成一座富士山。也有解散辫子，盘得平的，除下帽来，油光可鉴，宛如小姑娘的发髻一般，还要将脖子扭几扭。实在标致极了。

　　中国留学生会馆的门房里有几本书买，有时还值得去一转；倘在上午，里面的几间洋房里倒也还可以坐坐的。但到傍晚，有一间的地板便常不免要咚咚咚地响得震天，兼以满房烟尘斗乱；问问精通时事的人，答道，"那是在学跳舞。"

　　到别的地方去看看，如何呢？

　　我就往仙台的医学专门学校去。从东京出发，不久便到一处驿站，写道：日暮里。不知怎地，我到现在还记得这名目。其次却只记得水户了，这是明的遗民朱舜水先生客死的地方。仙台是一个市镇，并不大；冬天冷得利害；还没有中国的学生。

大概是物以希为贵罢。北京的白菜运往浙江，便用红头绳系住菜根，倒挂在水果店头，尊为"胶菜"；福建野生着的芦荟，一到北京就请进温室，且美其名曰"龙舌兰"。我到仙台也颇受了这样的优待，不但学校不收学费，几个职员还为我的食宿操心。我先是住在监狱旁边一个客店里的，初冬已经颇冷，蚊子却还多，后来用被盖了全身，用衣服包了头脸，只留两个鼻孔出气。在这呼吸不息的地方，蚊子竟无从插嘴，居然睡安稳了。饭食也不坏。但一位先生却以为这客店也包办囚人的饭食，我住在那里不相宜，几次三番，几次三番地说。我虽然觉得客店兼办囚人的饭食和我不相干，然而好意难却，也只得别寻相宜的住处了。于是搬到别一家，离监狱也很远，可惜每天总要喝难以下咽的芋梗汤。

从此就看见许多陌生的先生，听到许多新鲜的讲义。解剖学是两个教授分任的。最初是骨学。其时进来的是一个黑瘦的先生，八字须，戴着眼镜，挟着一叠大大小小的书。一将书放在讲台上，便用了缓慢而很有顿挫的声调，向学生介绍自己道：

"我就是叫作藤野严九郎的……"

后面有几个人笑起来了。他接着便讲述解剖学在日本发达的历史，那些大大小小的书，便是从最初到现今关于这一门学问的著作。起初有几本是线装的；还有翻刻中国译本的，他们的翻译和研究新的医学，并不比中国早。

那坐在后面发笑的是上学年不及格的留级学生，在校已经一年，掌故颇为熟悉的了。他们便给新生讲演每个教授的历史。这藤野先生，据说是穿衣服太模胡了，有时竟会忘记带领结；冬天是一件旧外套，寒颤颤的，有一回上火车去，致使管车的疑心他是扒手，叫车里的客人大家小心些。

他们的话大概是真的，我就亲见他有一次上讲堂没有带领结。

过了一星期，大约是星期六，他使助手来叫我了。到得研究室，见他坐在人骨和许多单独的头骨中间，——他其时正在研究着头骨，后来有一篇论文在本校的杂志上发表出来。

"我的讲义，你能抄下来么？"他问。

"可以抄一点。"

"拿来我看！"

我交出所抄的讲义去，他收下了，第二三天便还我，并且说，此后每一星期要送给他看一回。我拿下来打开看时，很吃了一惊，同时也感到一种不安和感激。原来我的讲义已经从头到末，都用红笔添改过了，不但增加了许多脱漏的地方，连文法的错误，也都一一订正。这样一直继续到教完了他所担任的功课：骨学，血管学，神经学。

可惜我那时太不用功，有时也很任性。还记得有一回藤野先生将我叫到他的研究室里去，翻出我那讲义上的一个图来，是下臂的血管，指着，向我和蔼的说道：

"你看，你将这条血管移了一点位置了。——自然，这样一移，的确比较的好看些，然而解剖图不是美术，实物是那么样的，我们没法改换它。现在我给你改好了，以后你要全照着黑板上那样的画。"

但是我还不服气，口头答应着，心里却想道：

"图还是我画的不错；至于实在的情形，我心里自然记得的。"

学年试验完毕之后，我便到东京玩了一夏天，秋初再回学校，成绩早已发表了，同学一百余人之中，我在中间，不过是没有落第。这回藤野先生所担任的功课，是解剖实习和局部解剖学。

解剖实习了大概一星期，他又叫我去了，很高兴地，仍用了极有抑扬的声调对我说道：

"我因为听说中国人是很敬重鬼的，所以很担心，怕你不肯解剖尸体。现在总算放心了，没有这回事。"

但他也偶有使我很为难的时候。他听说中国的女人是裹脚的，但不知道详细，所以要问我怎么裹法，足骨变成怎样的畸形，还叹息道，"总要看一看才知道。究竟是怎么一回事呢？"

有一天，本级的学生会干事到我寓里来了，要借我的讲义看。我检出来交给他们，却只翻检了一通，并没有带走。但他们一走，邮差就送到一封很厚的信，拆开看时，第一句是：

"你改悔罢！"

这是《新约》上的句子罢，但经托尔斯泰新近引用过的。其时正值日俄战争，托老先生便写了一封给俄国和日本的皇帝的信，开首便是这一句。日本报纸上很斥责他的不逊，爱国青年也愤然，然而暗地里却早受了他的影响了。其次的话，大略是说上年解剖学试验的题目，是藤野先生在讲义上做了记号，我预先知道的，所以能有这样的成绩。末尾是匿名。

我这才回忆到前几天的一件事。因为要开同级会，干事便在黑板上写广告，末一句是"请全数到会勿漏为要"，而且在"漏"字旁边加了一个圈。我当时虽然觉到圈得可笑，但是毫不介意，这回才悟出那字也在讥刺我了，犹言我得了教员漏泄出来的题目。

我便将这事告知了藤野先生；有几个和我熟识的同学也很不平，一同去诘责干事托辞检查的无礼，并且要求他们将检查的结果，发表出来。终于这流言消灭了，干事却又竭力运动，要收回那一封匿名信去。结末是我便将这托尔斯泰式的信退还了他们。

中国是弱国，所以中国人当然是低能儿，分数在六十分以上，便不是自己的能力了：也无怪他们疑惑。但我接着便有参观枪毙中国人的命运了。第二年添教霉菌学，细菌的形状是全用电影来显示的，一段落已完而还没有到下课的时候，便影几片时事的片子，自然都是日本战胜俄国的情形。但偏有中国人夹在里边：给俄国人做侦探，被日本军捕获，要枪毙了，围着看的也是一群中国人；在讲堂里的还有一个我。

"万岁！"他们都拍掌欢呼起来。

这种欢呼，是每看一片都有的，但在我，这一声却特别听得刺耳。此后回到中国来，我看见那些闲看枪毙犯人的人们，他们也何尝不酒醉似的喝采，——呜呼，无法可想！但在那时那地，我的意见却变化了。

到第二学年的终结，我便去寻藤野先生，告诉他我将不学医学，并且离开这仙台。他的脸色仿佛有些悲哀，似乎想说话，但竟没有说。

"我想去学生物学，先生教给我的学问，也还有用的。"其实我并没有决意要学生物学，因为看得他有些凄然，便说了一个慰安他的谎话。

"为医学而教的解剖学之类，怕于生物学也没有什么大帮助。"他叹息说。

将走的前几天，他叫我到他家里去，交给我一张照相，后面写着两个字道："惜别"，还说希望将我的也送他。但我这时适值没有照相了；他便叮嘱我将来照了寄给他，并且时时通信告诉他此后的状况。

我离开仙台之后，就多年没有照过相，又因为状况也无聊，说起来无非使他失望，便连信也怕敢写了。经过的年月一多，话更无从说起，所以虽然有时想写信，却又难以下笔，这样的一直到现在，竟没有寄过一封信和一张照片。从他那一面看起来，是一去之后，杳无消息了。

但不知怎地，我总还时时记起他，在我所认为我师的之中，他是最使我感激，给我鼓励的一个。有时我常常想：他的对于我的热心的希望，不倦的教诲，小而言之，是为中国，就是希望中国有新的医学；大而言之，是为学术，就是希望新的医学传到中国去。他的性格，在我的眼里和心里是伟大的，虽然他的姓名并不为许多人所知道。

他所改正的讲义，我曾经订成三厚本，收藏着的，将作为永久的纪念。不幸七年前迁居的时候，中途毁坏了一口书箱，失去半箱书，恰巧这讲义也遗失在内了。责成运送局去找寻，寂无回信。只有他的照相至今还挂在我北京寓居的东墙上，书桌对面。每当夜间疲倦，正想偷懒时，仰面在灯光中瞥见他黑瘦的面貌，似乎正要说出抑扬顿挫的话来，便使我忽又良心发现，而且增加勇气了，于是点上一枝烟，再继续写些为"正人君子"之流所深恶痛疾的文字。

十月十二日

老人叶圣陶

◆ 马未都

北京东四八条是有名的大胡同，元朝就开始有了。而我童年的记忆多是六条，因为姥姥家在六条，每遇年节，我就会牵着母亲的手由西郊坐车到东边来看望姥姥。姥姥家是个大杂院，母亲从一进大院门起就与邻居们挨个打招呼，一直走到后院，进屋叫一声娘，这一声娘是按山东老家的叫法，让我听着非常的古老。

我对北京的胡同还算熟。早年的胡同不见汽车，显得干净。胡同里的大门小户昭示着过去人家的历史。经过时代的几轮洗礼，过去的大户人家往往都成了大杂院，广亮大门大敞四开；倒是些小户的蛮子门还可能独门独户。我小时候对那些独门独户的院落十分好奇，总想透过紧闭的大门看见什么。

舅表哥年长我十岁。十岁在童年时期就大很多了，所以表哥在我年少的眼中显得十分有路子。他有一个同事叫叶三午，浓眉大眼，跟我这种淡眉细目的长相完全两条路子。那年月被人带去他朋友家串门是很有面子的事情，有一天表哥跟我说，带你去叶三午家玩玩，我欣欣然随之前往。

北京的胡同大都有名，只有东四头条到十四条有些例外，八条和六条虽仅隔一条胡同，但走在里面仍有新奇之感，八条当年就比六条安静，胡同里面常常见不到人。路南52号是座大楼，大楼在胡同里显得突兀，里面的单位当年很吓人：《人民文学》杂志社。路北的71号倒是清静，门户关锁，表哥上前轻叩门环，没多会儿即有人前来开门。

这是我年少时进去过的最阔绰的院子了。迎门有影壁，三进大院，正院有垂花门，内设抄手游廊，我尾随着表哥一声不吭，表哥也小声小气地与叶三午交谈，问：爷爷睡醒没有？叶三午忙说：先进屋。那是个夏天的正午，蝉鸣让世界显得安静。

叶三午是表哥的同事，因工伤致使驼背严重，走起路来像个老年人。他见我面就随口叫我未都，和一家人一样。三午住在西厢房，地面都是花砖地，那年月让人感到十分资产阶级。"文革"十年，凡带有资产阶级特征的东西几乎都被砸光了，这种漂亮的民国风格的花砖地面让人踩在上面多少有些不适应，感到无处下脚。

北京的四合院西屋一般冬暖夏凉。有一句俗语说：有钱不住东南房，冬不暖，夏不凉。道理简单，北方冬季刮西北风，大风凛冽长驱直入；夏季昼长夕照强烈，阳光使东屋受光而热。那时的北京别说空调，连电风扇都是罕物，很少有人家中置有电风扇。西屋冬季背受西风不怕，夏季阳光又晒不进来，因而冬暖夏凉。

当时我已走了一身汗，进屋凉意顿生，汗落心静。叶家客厅里有大皮沙发，一坐进去就会深深陷在里面，让人有些不敢坐。那时候军队大院内，沙发是办公楼里接待室的标配，私人家中除大官有配给，绝大部分家中没有这种享乐主义的家具，所以三午家沙发给我的印象深刻。

我那时年少，在叶三午眼中可能傻傻的。三午属马，祖父叶圣陶、父亲叶至善都属马，因叶三午是长子长孙，祖孙三代甲午、戊午、壬午均相隔廿四年，叶圣陶老人给长孙起名"三午"，大巧若拙，名俗实雅。一开始，我没敢问，一直以为"三午"是"三五"，因为小学同学有叫六一、八一的，名字都与节日有关。我们小时候每年三月五日都要学雷锋，我无知地猜测这名字是否与此有关，谁知此"三五"非彼"三午"。

在我眼中，叶三午是个优雅的愤青，张嘴说的都是俄国文学、英法文学，表达时夹杂点儿不太脏的脏话。在三午的家里聊天，时不时地会来客人，我都不认识，因为来人都比我大。多年后，看一些回忆他的文章说，来人多是名流，可惜我皆不认识。三午对科技产品抱有极大兴趣，他有老式留声机，那时讲究听唱片；还有照相机，我记得他的老式相机是德国的。莱卡与蔡司这些词，我年轻的时候光听到就涌起一股神圣感。

我记得至少去过叶家三次时都未能见到叶圣陶老人，只是听三午老是说爷爷如何如何。他墙上挂着一副爷爷写的篆书字对，

"观钓颇逾垂钓趣，种花何问看花谁"。当时我认不全，尤其"垂"字，篆书奇特。我是问了三午才知道的。三午说，爷爷写的，爷爷最爱写这字对。我那时理解这字对的内容有些吃力，意思懵懵懂懂，深层之意弄不明白。后来很多年在一场拍卖会预展上看见叶老同样内容的一副字对，上面有关于此对的说明，叶老写道：此为一九三九年所作《浣溪沙》中语，时余全家居四川乐山城外草舍，篱内二弓地略栽花木，篱外不远临小溪，偶有垂钓者，溪声静夜可闻。

叶老的释语中的"二弓地"还让我去查了字典。弓为丈量土地器具，形状似弓，两端距离五尺。那么二弓地是十尺，想来叶老在四川的草舍素朴，院落窄仄，可风景独好，触景生情的叶老才写下这富于哲理的名句。这话每十年感受都有不同，少时读之，旁观亦麻木；壮年读之，介入找感觉；中年读之，寻味有触动；今天读之，方知何为追求何为放弃。

表哥可能看出来我想见见爷爷，遂对三午说，哪天让未都见见爷爷。三午的西屋常常满座，各路神仙喜诗喜文学喜音乐喜乱七八糟的，都是悄悄来悄悄走，少去惊动爷爷。爷爷在北屋，在我眼中高山仰止，有一圈耀眼的光环。爷爷的文章收进课本，凡写进课本的文章在我眼中都是范文，高不可及。三午马上说，想见爷爷就今天，一会儿爷爷醒了就去见。

我听了这话多多少少有些紧张。没等多久，三午就说，爷爷醒了，一会儿就在院子里和爷爷打个招呼。我和表哥随同叶三午走进院子时，叶圣陶老人坐在树荫下的藤椅上，笑容可掬，我随三午叫了声"爷爷"，就再没敢说什么，三午就热情地将我与表哥的关系给爷爷介绍了一下，我想爷爷一定没听进去，但爷爷仍频频点头，伸手拉住我。

我那时太年轻，自认为自己还是孩子，看爷爷完全是个传说中的老人。年轻时"老人"这一概念是神圣的，虽然与爷爷手拉着手，但感觉上与爷爷隔着万水千山，爷爷太高大了，他亲切和蔼也还是高大，他问了什么我都忘了，当然也想不起我说了什么。

去三午家是我最喜欢的事情，原因是总有意想不到的收获。那时人对文学的追求与向往是今天的年轻人所不能理解的，今天的孩子们可能是文学营养过剩了，反倒失去了对文学的兴趣。排队买书的景象再也看不见了，即便看见扎堆买书也是追星一族的作为。而我们年轻时对书的喜爱只有"如饥似渴"一词能够形容。三午家永远有书，其中有些当年算是禁书。古人读书有两种境界最诱人，一是"红袖添香夜读书"，二是"雪夜闭门读禁书"。我们这一代人最能读书的日子是在禁书年代度过的，自锁自己，凉水干粮地读得昏天黑地乃常事。到"文革"后期，禁锢的门渐渐松开一条缝，禁书已可以公开谈论了，于是读书迎来了黄金时代。

一次在三午家，我看见一本巴尔扎克的《高老头》，灰色硬皮封面，装帧朴素。我打开一看，扉页上有翻译家傅雷先生用毛笔写给叶圣陶老人的字样：圣陶先生教正。那是我第一次知道傅雷先生，这一深刻印象让我后来在出版社工作的日子斥资买齐了十五卷的《傅雷译文集》，至今还高高地搁在书房书柜的最上层。我看见《高老头》时心中痒痒，没敢开口，表哥看出了我的心思，就替我向三午借，那年月，书都是借来借去的，不像今天书买了也常常不读。三午大方地将《高老头》借给了表哥，说："未都也读读，不着急还。"

法国伟大的批判现实主义作家巴尔扎克的所有作品中，《高老头》最让我刻骨铭心，因为这本珍贵的傅雷先生签名送给叶圣陶老人的书生生让我给弄丢了。严格地说是我的朋友弄丢的，当时的情况是朋友死乞白赖地非要先睹为快，我一时面薄，让他先读，可谁知他将书夹在自行车后架上丢了，丢了以后找了很久也没找到。这事让我很长时间内疚自责，无法面对表哥与三午。从那之后，我才明白为什么古人常常定下规矩：书与老婆概不出借。

丢书的事和三午说时我吞吞吐吐，三午没埋怨我一句，反倒安慰了我。他岔开话题缓解气氛，从大抽屉里取出一件弘一法师写的斗方，四个大字写得不食人间烟火：如梦如幻。三午告诉说，这是李叔同送给爷爷的，他们很要好的，这是他专门写给爷爷的，出自《金刚经》。"如梦如幻"在我年轻的多梦时节，有一种醉人的氤氲之气，自下而升，轻松透骨。这让我对爷爷充满了神圣的敬意。

那以后我再去叶家不知为什么总希望见到爷爷，有时从窗户上偷窥，偶尔看见爷爷独坐在藤椅上发呆，老人发呆非常可爱，显得深沉宁静。叶圣陶老人比我年长一个甲子，慈眉善目，神态祥和，符合传说中的神仙相貌；每当夕阳西下，余晖满天之时，爷爷如雕像般静坐丁香树下，让我深深感到修炼的力量。一位中国近代史上知名的学者，没有什么现成的词汇可以描绘他，只有一个神圣的称谓最符合他老人家的身份：老人。

老人叶圣陶在我的生命旅途中是一道灿烂的风景，一闪即过。但这道风景像一幅定格的照片永远摆在了我心中的案头，什么时候看它一眼什么时候有所收获，就如同读陶渊明的《归去来兮辞》。

2014年7月8日晚

（选自马未都散文集《背影》）

泰戈尔

◆ 徐志摩

我有几句话想趁这个机会对诸君讲，不知道你们有没有耐心听。泰戈尔先生快走了，在几天内他就离别北京，在一两个星期内他就告辞中国。他这一去大约是不会再来的了。也许他永远不能再到中国。

他是六七十岁的老人，他非但身体不强健，他并且是有病的。去年秋天他还发了一次很重的骨痛热病。所以他要到中国来，不但他的家属，他的亲戚朋友，他的医生，都不愿意他冒险，就是他欧洲的朋友，比如法国的罗曼·罗兰，也都有信去劝阻他。他自己也曾经踌躇了好久，他心里常常盘算他如其到中国来，他究竟能不能够给我们好处，他想中国人自有他们的诗人，思想家，教育家，他们有他们的智慧，天才，心智的财富与营养，他们更用不着外来的补助与载刺，我只是一个诗人，我没有宗教家的福音，没有哲学家的理论，更没有科学家实利的效用，或是工程师建设的才能，他们要我去做什么，我自己又为什么要去，我有什么礼物带去满足他们的盼望！他真的很觉得迟疑，所以他延迟了他的行期。但是他也对我们说到冬天完了，春风吹动的时候（印度的春风比我们的吹得早），他不由的感觉了一种内迫的冲动，他面对着逐渐滋长的青草与鲜花，不由的抛弃了，忘却了他应尽的职务，不由的解放了他的歌唱的本能，和着新来的鸣雀，在柔软的南风中开怀的讴吟，同时他收到我们催请的信，我们青年盼望他的诚意与热心，唤起了老人的勇气。他立即定夺了他东来的决心。他说趁我暮年的肢体不曾僵透，趁我衰老的心灵还能感受，决不可错过这最后惟一的机会，这博大，从容，礼让的民族，我幼年时便发心朝拜，与其将来在黄昏寂静的境界中萎衰的惆怅，何如利用这夕阳未暝时的光芒，了却我晋香人的心愿？

他所以决意的东来，他不顾亲友的劝阻，医生的警告，不顾他自己的高年与病体，他也撇开了在本国迫切的任务，跋涉了万里的海程，他来到了中国。

自从四月十二在上海登岸以来，可怜老人不曾有过一半天完整的休息，旅行的劳顿不必说，单就公开的演讲以及较小集会时的谈话，至少也有了三四十次！他的，我们知道，不是教授们的讲义，不是教士们的讲道，他的心府不是堆积货品的栈房，他的辞令不是教科书的喇叭。他是灵活的泉水，一颗颗颤动的圆珠从池心里兢兢的泛登水面，都是生命的精液；他是瀑布的吼声，在白云间，青林中，石罅里，不住的啸响；他是百灵的歌声，他的欢欣、愤慨、响亮的谐音，弥漫在无际的晴空。但是他是倦了，终夜的狂歌已经耗尽了子规的精力，东方的曙色亦照出她点点的心血染红了蔷薇枝上的白露。

老人是疲乏了。这几天他睡眠也不得安宁。他已经透支了他有限的精力。他差不多是靠散拿吐瑾过日的，他不由的不感觉风尘的厌倦，他时常想念他少年时在恒河边沿拍浮的清福，他想望椰树的清荫与曼果的甜瓤。

但他还不仅是身体的惫劳，他也感觉心境的不舒畅。这是很不幸的。我们做主人的只是深深的负歉。他这次来华，不为游历，不为政治，更不为私人的利益，他熬着高年，冒着病体，抛弃自身的事业，备尝行旅的辛苦，他究竟为的是什么？他为的只是一点看不见的情感。说远一点，他的使命是在修补中国与印度两民族间中断千余年的桥梁，说近一点，他只想感召我们青年真挚的同情。因为他是信仰生命的，他是尊崇青年的，他是歌颂青春与清晨的，他永远指点着前途的光明。悲悯是当初释迦牟尼证果的动机，悲悯也是泰戈尔先生不辞艰苦的动机。现代的文明只是骇人的浪费，贪淫与残暴，自私与自大，相猜与相忌，飓风似的倾覆了人道的平衡，产生了巨大的毁灭。芜秽的心田里只是误解的蔓草，毒害同情的种子，更没有收成的希冀。在这个荒惨的境地里，难得有少数的丈夫，不怕阻难，不自馁怯，肩上扛着铲除误解的大锄，口袋里满装着新鲜人道的种子，不问天时是阴是雨是晴，不问是早晨是黄昏是黑夜，他只是努力的工作，清理一方泥土，施殖一方生命，同时口唱着嘹亮的新歌，鼓舞在黑暗中将次透露的萌芽，泰戈尔先生就是这少数中的一个。他是来广布同情的，他是来消除成见的。我们亲眼见过他慈祥的阳春似的表情，亲耳听过他从心灵底里迸裂出的大声，我想只要我们的良心不曾受恶毒的烟煤熏黑，或是被恶浊的偏见污抹，谁不曾感觉他赤诚的力量，魔术似的，为我们生命的前途开辟了一个神奇的境界，燃点了理想的光明？所以我们也懂得他的深刻的懊怅与失望，如其他知道部分的青年不但不能容纳他的灵感，并且成心的诬毁他的热忱。我们固然奖励思想的独立，但我们决不敢附和误解的自由。他生平最满意的成绩就在他永远能得青年的同情，不论在德国，在丹麦，在美国，在日本，青年永远是他最忠心的朋友。他也曾经遭受种种的误解与攻击，政府的猜疑与报纸的诬毁与守旧派的讥评，不论如何的谬妄与剧烈，从不曾扰动他优容的大量，他的希望，他的信仰，他的爱心，他的至诚，完全的托付青年。我的须，我的发是白的，但我的心却永远是青的，他常常的对我们说，只要青年是我的知己，我理想的将来就有著落，我乐观的明灯永远不致暗淡。他不能相信纯洁的青年也会坠落在怀疑，猜忌，卑琐的泥溷。他更不能信中国遭受意外的待遇。他很不自在，他很感觉异样的怆心。

因此精神的懊丧更加重他躯体的倦劳。他差不多是病了。我们当然很焦急的期望他的健康，但他再没有心境继续他的讲演。

我们恐怕今天就是他在北京公开讲演最后的一个机会。他有休养的必要。我们也决不忍再使他耗费他有限的精力。他不久又有长途的跋涉，他不能不有三四天完全的养息，所以从今天起，所有已经约定的会集，公开与私人的，一概撤消，他今天就出城去静养。

我们关切他的一定可以原谅，就是一小部分不愿意他来作客的诸君也可以自喜战略的成功。他是病了，他在北京不再开口了，他快走了，他从此不再来了。但是同学们，我们也得平心的想想，老人到底有什么罪，他有什么负心，他有什么不可容赦的犯案？公道是死了吗，为什么听不见你的声音？

他们说他是守旧，说他是顽固。我们能相信吗？他们说他是"太迟"，说他是"不合时宜"，我们能相信吗？他自己是不能信，真的不能信。他说这一定是滑稽家的反调。他一生所遭逢的批评只是太新，太早，太急进，太激烈，太革命的，太理想的，他六十年的生涯只是不断的奋斗与冲锋，他现在还只是冲锋与奋斗。但是他们说他是守旧，太迟，太老。他顽固奋斗的对象只是暴烈主义，资本主义，帝国主义，武力主义，杀灭性灵的物质主义；他主张的只是创造的生活，心灵的自由，国际的和平，教育的改造，普爱的实现。但他们说他是帝国政策的间谍，资本主义的助力，亡国奴族的流民，提倡裹脚的狂人！肮脏是在我们的政策与暴徒的心里，与我们的诗人又有什么关连？昏乱是在我们冒名的学者与文人的脑里，与我们的诗人又有什么亲属？我们何妨说太阳是黑的，我们何妨说苍蝇是真理？同学们，听信我的话，像他的这样伟大的声音我们也许一辈子再不会听着的了。留神目前的机会，预防将来的惆怅！他的人格我们只能到历史上去搜寻比拟。他的博大的温柔的灵魂我敢说永远是人类记忆里的一次灵迹。他的无边际的想象与辽阔的同情使我们想起惠德曼；他的博爱的福音与宣传的热心使我们记起托尔斯泰；他的坚韧的意志与艺术的天才使我们想起造摩西像的密亿郎其罗；他的诙谐与智慧使我们想象当年的苏格拉底与老聃；他的人格的和谐与优美使我们想念暮年的葛德；他的慈祥的纯爱的抚摩，他的为人道不厌的努力，他的磅礴的大声，有时竟使我们唤起救主的心像；他的光彩，他的音乐，他的雄伟，使我们想念奥林必克山顶的大神。他是不可侵凌的，不可逾越的，他是自然界的一个神秘的现象。他是三春和暖的南风，惊醒树枝上的新芽，增添处女颊上的红晕。他是普照的阳光。他是一派浩瀚的大水，来自不可追寻的渊源，在大地的怀抱中终古的流着，不息的流着，我们只是两岸的居民，凭借这慈恩的天赋，灌溉我们的田稻，苏解我们的消渴，洗净我们的污垢。他是喜马拉雅积雪的山峰，一般的崇高，一般的纯洁，一般的壮丽，一般的高傲，只有无限的青天枕藉他银白的头颅。

人格是一个不可错误的实在，荒歉是一件大事，但我们是饿惯了的，只认鸠形与鹄面是人生本来的面目，永远忘却了真健康的颜色与彩泽。标准的低降是一种可耻的堕落；我们只是踞坐在井底的青蛙。但我们更没有怀疑的余地。我们也许揣详东方的初白，却不能非议中天的太阳。我们也许见惯了阴霾的天时，不耐这热烈的光焰，消散天空的云雾，暴露地面的荒芜，但同时在我们心灵的深处，我们岂不也感觉一个新鲜的影响，催促我们生命的跳动，唤醒潜在的想望，仿佛是武士望见了前峰烽烟的信号，更不踌躇的奋勇向前？只有接近了这样超轶的纯粹的丈夫，这样不可错误的实在，我们方始相形的自愧我们的口不够阔大，我们的嗓音不够响亮，我们的呼吸不够深长，我们的信仰不够坚定，我们的理想不够莹澈，我们的自由不够磅礴，我们的语言不够明白，我们的情感不够热烈，我们的努力不够勇猛，我们的资本不够充实……

我自信我不是恣滥不切事理的崇拜，我如其曾经应用浓烈的文字，这是因为我不能自制我浓烈的感想。但我最急切要声明的是，我们的诗人，虽则常常招受神秘的徽号，在事实上却是最清明，最有趣，最诙谐，最不神秘的生灵。他是最通达人情，最近人情的。我盼望有机会追写他日常的生活与谈话。如其我是犯嫌疑的，如其我也是性近神秘的（有好多朋友这么说），你们还有适之先生的见证，他也说他是最可爱最可亲的个人；我们可以相信适之先生绝对没有"性近神秘"的嫌疑！所以无论他怎样的伟大与深厚，我们的诗人还只是有骨有血的人，不是野人，也不是天神。惟其是人，尤其是最富情感的人，所以他到处要求人道的温暖与安慰，他尤其要我们中国青年的同情与情爱。他已经为我们尽了责任，我们不应，更不忍辜负他的期望。同学们，爱你的爱，崇拜你的崇拜，是人情不是罪孽，是勇敢不是懦怯。

十二日在真光讲

我的畏友弘一和尚

◆ 夏丏尊

弘一和尚是我的畏友。他出家前和我相交近十年，他的一言一行，随在都给我以启诱。出家后对我督教期望尤殷，屡次来信都劝我勿自放逸，归心向善。

佛学于我向有兴味，可是信仰的根基迄今远没有建筑成就。平日对于说理的经典，有时感到融会贯通之乐，至于实行修持，未能一一遵行。例如说，我也相信惟心净土，可是对于西方的种种客观的庄严尚未能深信。我也相信因果报应是有的，但对于修道者所宣传的隔世的奇异的果报，还认为近于迷信。关于这事，在和尚初出家的时候，曾和他经过一番讨论。和尚说我执着于"理"，忽略了"事"的一方面，为我说过"事理不二"的法门。我依了他的谆嘱读了好几部经论，仍是格格难入。从此以后，和尚行脚无定，我不敢向他谈及我的心境。他也不来苦相追究，只在他给我的通信上时常见到"衰老浸至，宜及时努力""珍重"等泛劝的话而已。

自从白马湖有了晚晴山房以后，和尚曾来小住过几次，多年来阔别的旧友复得聚晤的机会。和尚的心境已达到了什么地步，我当然不知道，我的心境却仍是十年前的老样子，牢牢地在故步中封止着。和尚住在山房的时候，我虽曾虔诚地尽护法之劳，送素菜，送饭，对于佛法本身却从未说到。

　　有一次，和尚将离开山房到温州去了，记得是秋季，天气很好，我邀他乘小舟一览白马湖风景。在船中大家闲谈，话题忽然触到蕅益大师。蕅益名智旭，是和莲池、紫柏、憨山同被称为明代四大师的。和尚于当代僧人则推崇印光，于前代则佩仰智旭，一时曾颜其住室曰"旭光室"。我对于蕅益，也曾读过他不少的著作。据《灵峰宗论》上所附的传记，他二十岁以前原是一个竭力谤佛的儒者，后来发心重注《论语》，到《颜渊问仁》一章，不能下笔，于是就出家为僧了。在传下来的书目中，他做和尚以后曾有一部著作叫《四书蕅益解》的，我搜求了多年，终于没有见到。这回和和尚谈来谈去，终于说到了这部书上面。

　　"《四书蕅益解》前几个月已出版了。有人送我一部，我也曾快读过一次。"和尚说。

　　"蕅益的出家，据说就为了注'四书'，他注到《颜渊问仁》一章据说不能下笔，这才出家的，《四书蕅益解》里对《颜渊问仁》章不知注着什么话呢？倒要想看看。"我好奇地问。

　　"我曾翻过一翻，似乎还记得个大概。"

"大意怎样？"我急问。

"你近来怎样，还是惟心净土吗？"和尚笑问。

"……"我不敢说什么，只是点头。

"《颜渊问仁》一章，可分两截看。孔子对颜渊说'克己复礼'。只要'克己复礼'本来具有的，不必外求为仁。这是说'仁'就够了，和你所见到的惟心净土说一样。但是颜渊还要'请问其目'，孔子告诉他'非礼勿视，非礼勿听，非礼勿言，非礼勿动'，这是实行的项目。'克己复礼'是理，'非礼勿视'等等是事。所以颜回下面有'请事斯语矣'的话。理是可以顿悟的，事非脚踏实地去做不行。理和事相应，才是真实工夫，事理本来是不二的。——蕅益注《颜渊问仁》章大概如此吧，我恍惚记得是如此。"和尚含笑滔滔地说。

"啊，原来如此。既然书已出版了，我想去买来看看。"

"不必，我此次到温州去，就把我那部寄给你吧。"

和尚离白马湖不到一星期，就把《四书蕅益解》寄来了，书面上仍用端楷写着"寄赠丏尊居士""弘一"的款识。我急去翻《颜渊问仁》一章。不看犹可，看了不禁"呀"地自叫起来。

原来蕅益在那章书里只在"回虽不敏，请事斯语矣"下面注着"僧再拜"三个字，其余只录白文，并没有说什么，出家前不能下笔的地方，出家后也似乎还是不能下笔。所谓"事理不二"等等的说法，全是和尚针对了我的病根临时为我编的讲义！

和尚对我的劝诱在我是终身不忘的，尤其不能忘怀的是这一段故事。这事离现在已六七年了，至今还深深地记忆着，偶然念到，感着说不出的怅惘。

刊《越风》第九期

（1936年3月3日）

辑四

幸好思念无声，否则震耳欲聋

我若死掉祖父，

就死掉我一生最重要的一个人，

好像他死了就把人间一切

"爱"和"温暖"带得空空虚虚。

祭父

◆ 贾平凹

父亲贾彦春，一生于乡间教书，退休在丹凤县棣花；年初胃癌复发，七个月后便卧床不起，饥饿疼痛，疼痛饥饿，受罪至第二十七天的傍晚，突然一个微笑而去世了。其时中秋将近，天降大雨，我还远在四百里之外，正预备着翌日赶回。

我并没有想到父亲的最后离去竟这么快。以往家里出什么事，我都有感应，就在他来西安检查病的那天，清早起来我的双目无缘无故地红肿，下午他一来，我立即感到有悲苦之灾了。经检查，癌已转移，半月后送走了父亲，天天心揪成一团，却不断地为他卜卦，卜辞颇吉祥，还疑心他会创造出奇迹，所以接到病危电报，以为这是父亲的意思，要与我交代许多事情。一下班车，看见戴着孝帽接我的堂兄，才知道我回来得太晚了，太晚了。父亲安睡在灵床上，双目紧闭，口里衔着一枚铜钱，他再也没有以往听见我的脚步便从内屋走出来喜欢地对母亲喊："你平回来了！"也没有我递给他一支烟时，他总是摆摆手而拿起水烟锅的样子，父亲永远不与儿子亲热了。

守坐在灵堂的草铺里，陪父亲度过最后一个长夜。小妹告诉我，父亲饲养的那只猫也死了。父亲在水米不进的那天，猫也开始不吃，十一日中午猫悄然毙命，七个小时后父亲也倒了头。我感动着猫的忠诚，我和我的弟妹都在外工作，晚年的父亲清淡寂寞，猫给过他慰藉，猫也随他去到另一个世界。人生的短促和悲苦，大义上我全明白，面对着父亲我却无法超脱。满院的泥泞里人来往作乱，响器班在吹吹打打，透过灯光我呆呆地望着那一棵梨树，还是父亲亲手栽的，往年果实累累，今年竟独独一个梨子在树顶。

父亲的病是两年前做的手术，我一直对他瞒着病情，每次从云南买药寄他，总是撕去药包上癌的字样。术后恢复得极好，他每顿已能吃两碗饭，凌晨要喝一壶茶水，坐不住，喜欢快步走路。常常到一些亲戚朋友家去，撩了衣服说：瞧刀口多平整，不要操心，我现在什么病也没有了。看着父亲的豁达样，我暗自为没告诉他病情而宽慰，但偶尔发现他独坐的时候，神色甚是悲苦，竟有一次我弄来一本算卦的书，兄妹们都嚷着要查各自的前途机遇，父亲走过来却说："给我查一下，看我还能活多久？"我的心咯噔一下沉起来，父亲多半是知道了他得的什么病，他只是也不说出来罢了。卦辞的结果，意思是该操劳的都操劳了，待到一切都好。父亲叹息了一声："我没好福。"我们都黯然无语，他就又笑了："这类书怎能当真？人生谁不是这样呢！"可后来发生的事情，不幸都依这卦辞来了。

　　先是数年前母亲住院，父亲一个多月在医院伺候，做手术的那天，我和父亲守在手术室外，我紧张得肚子疼，父亲也紧张得肚子疼。母亲病好了，大妹出嫁，小妹高考却不中，原本依父亲的教龄可以将母亲和小妹的户口转为城镇户口，但因前几年一心想为小弟有个工作干，自己硬退休回来，现在小妹就只好窝在乡下了。为了小妹的前途，我写信申请，父亲四处寻人说情，他是干了几十年教师工作，不愿涎着脸给人家说那类话，但事情逼着他得跑动，每次都十分为难。他给我说过，他曾鼓很大勇气去找人，但当得知所找的人不在时，竟如释重载，暗自庆幸，虽然明日还得再找，而今天却免去一次受罪了。整整两年有余，小妹的工作有了着落，父亲喜欢得来人就请喝酒，他感激所有帮过忙的人，不论年龄大小皆视为贾家的恩人。但就在这时候，他患了癌病。担惊受怕的半年过去了，手术后身体一天天好起来，这一年春节父亲一定要我和妻子女儿回老家过年，多买了烟酒，好好欢度一番，没想年前两天，我的大妹夫突然出事故亡去。病后的父亲老泪纵横，以前手颤的旧病又复发，三番五次划火柴点不着烟。大妹带着不满一岁的外甥重又回住到我家，沉重的包袱又一次压在父亲的肩上。为了大妹的生活和出路，父亲又开始了比小妹当年就业更艰难的奔波，一次次的碰壁，一夜夜的辗转不眠。我不忍心看着他的劳累，甚至对他发火，他就再一次赶来给我说情况时，故意做出很轻松的样子，又总要说明他还有别的事才进城的。大妹终于可以吃商品粮了，甚至还去外乡做临时工作，父亲实想领大妹一块去乡政府报到，但癌病复发了，终未去成。父亲之所以在动了手术后延续了两年多的生命，他全是为儿女要办完最后一件事，当他办完事了竟不肯多活一月就悠然长逝。

俗话讲，人生的光景几节过，前辈子好了后辈子坏，后辈子好了前辈子坏，可父亲的一生中却没有舒心的日月。在他的幼年，家贫如洗，又常常遭土匪的绑票，三个兄弟先后被绑票过三次，每次都是变卖家产赎回，而年仅七岁的他，也竟在一个傍晚被人背走到几百里外。贾家受尽了屈辱，发誓要供养出一个出头的人，便一心要他读书。父亲提起那段生活，总是感激着三个大伯，说他夜里读书，三个大伯从几十里外扛木头回来，为了第二天再扛到二十里外的集市上卖个好价，成半夜在院中用石槌砸木头的大小截面，那种"咣咣"的响声使他不敢懒散，硬是读完了中学，成为贾家第一个有文化的人。此后的四五十年间，他们兄弟四人亲密无间，二十二口的大家庭一直生活到六十年代，后来虽然分家另住，谁家做一顿好吃的，必是叫齐别的兄弟。我记得父亲在邻县的中学任教时期，一直把三个堂兄带在身边上学，他转到哪儿，就带在哪儿，堂兄在学生宿舍里搭合铺，一个堂兄尿床，父亲就把尿床的堂兄叫去和他一块睡，一夜几次叫醒小便，但常常堂兄还是尿湿了床，害得父亲这头湿了睡那头，那头暖干了睡这头。我那时和娘住在老家，每年里去父亲那儿一次，我的伯父就用箩筐一头挑着我，一头挑着粮食翻山越岭走两天，我至今记得我在摇摇晃晃的箩筐里看夜空的星星，星星总是在移动，让我无法数清。当我参加了工作第一次领到了工资，三十九元钱先给父亲寄去了十元，父亲买了酒便请了三个伯父痛饮，听母亲说那一次父亲是醉了。那年我回去，特意跑了半个城买了一根特大的铝盒装的雪茄，父亲拆开了闻了闻，却还要叫了三个伯父，点燃了一口一口轮流着吸。大伯年龄大，已经下世十多年了，按常理，父亲应该照看着二伯和三伯先走，可谁也没想到，料理父亲丧事的竟是二伯和三伯。在盛殓的那个中午，贾家大小一片哭声，二伯和三伯老泪纵横，瘫坐在椅子上不得起来。

"文化革命"中，家乡连遭三年大旱，生活极度拮据，父亲却被诬陷为历史反革命关进了牛棚。正月十五的下午，母亲炒了家中仅有的一疙瘩肉盛在缸子里，伯父买了四包香烟，让我给父亲送去。我太阳落山时赶到他任教的学校，父亲已经遭人殴打过，造反派硬不让见，我哭着求情，终于在院子里拐角处见到了父亲，他黑瘦得厉害，才问了家里的一些情况，监管人就在一边催时间了。父亲送我走过拐角，却将缸子交给我，说："肉你拿回去，我把烟留下就是了。"我出了院子的栅栏门，门很高，我只能隔着栅栏缝儿看父亲，我永远忘不了父亲呆呆站在那儿看我的神色。后来，父亲带着一身伤残被开除公职押送回家了，那是个中午，我正在山坡上拔草，听到消息扑回来，父亲已躺在床上，一见我抱了我就说："我害了我娃了！"放声大哭。父亲是教了半辈子书的人，他胆小，又自尊，他受不了这种打击，回家后半年内不愿出门。但家庭从政治上、经济上一下子沉沦下来，我们常常吃了上顿没有下顿，自留地的苞谷还是嫩的便掰了回来，苞谷棵儿和穗儿一起在碾子上砸了做糊糊吃，麦子不等成熟，就收回用锅炒了上磨。全家惟一指望的是那头猪，但猪总是长一身红绒，眼里出血似的盼它长大了，父亲领着我们兄弟将猪拉到十五里的镇上去交售，但猪瘦不够标准，收购站拒绝收。听说二十里外的邻县一个镇上标准低，我们决定重新去交，天不明起来，特意给猪喂了最好的食料，使猪肚撑得滚圆，我们却饿着，父亲说："今日把猪交了，咱父子仨一定去饭馆美美吃一顿！"这话极大地刺激了我和弟弟，赤脚冒雨将猪拉到了镇上。交售猪的队排得很长，眼看着轮到我们了，收购员却喊了一声："下班了！"关门去吃饭。我们叠声叫苦，没有钱去吃饭，又不能离开，而猪却开始排泄，先是一泡没完没了的尿，再是翘了尾巴要拉，弟弟急了，拿脚直踢猪屁股，但最后还是拉下来，望着那老大的一堆猪粪，我们明白那是多少钱的分量啊。骂猪，又骂收购员，最后就不骂了，因为我和弟弟已经毫无力气了。直等到下午上班，收购员过来在猪的脖子上捏捏，又在猪肚子上揣揣，头不抬地说："不够等级！下一个——"父亲首先急了，忙求着说："按最低等级收了吧。"收购员翻着眼训道："白给我也不收哩！"已经去验下一头猪了。父亲在那里站了好大一会儿，又过来蹲在猪旁边，他再没有说话，手抖着在口袋里掏烟，但没有掏出来，扭头对我们说："回吧。"父子仨默默地拉猪回来，一路上再没有说肚子饥的话。

　　在那苦难的两年里，父亲耿耿于怀的是他蒙受的冤屈，几乎过三天五天就要我来写一份翻案材料寄出去。他那时手抖得厉害，小油灯下他讲他的历史，我逐字书写，寄出去的材料百分之九十泥牛入海，而父亲总是自信十足。家贫买不起纸，到任何地方一发现纸就眼开，拿回来仔细裁剪，又常常纸色不同，以致后来父子俩谈起翻案材料只说"五色纸"就心照不宣。父亲幼年因家贫害过胃疼，后来愈过，但也在那数年间被野菜和稻糠重新伤了胃，这也便是他恶变胃癌的根因。当父亲终于冤案昭雪后，星期六的下午他总要在口袋里装上学校的午餐，或许是一片烙饼，或是四个小素包子，我和弟弟便会分别拿了躲到某一处吃得最后连手也舔了，末了还要趴在泉里喝水涮口咽下去。我们不知道那是父亲饿着肚子带回来的，最最盼望每个星期六傍晚太阳落山的时候。有一次父亲看着我们吃完，问："香不香？"弟弟说："香，我将来也要当个教师！"父亲笑了笑，别过脸去。我那时稍大，说现在吃了父亲的馍馍，将来长大了一定买最好吃的东西孝敬父亲。父亲退休以后，孩子们都大了，我和弟弟都开始挣钱，父亲也不愁没有馍馍吃，在他六十四岁的生日我买了一盒寿糕，他却直怨我太浪费了。五月初他病加重，我回去看望，带了许多吃食，他却对什么也没了食欲，临走买了数盒蜂王浆，叮咛他服完后继续买，钱我会寄给他的，但在他去世后第五天，村上一个人和我谈起来，说是父亲服完了那些蜂王浆后曾去商店打问过蜂王浆的价钱，一听说一盒八元多，他手里捏着钱却又回来了。

父亲当然是普通的百姓，清清贫贫的乡间教师，不可能享那些大人物的富贵，但当我在城里每次住医院，看见老干部楼上的那些人长期为小病疗养而坐在铺有红地毯的活动室中玩麻将，我就不由得想到我的父亲。

在贾家族里，父亲是文化人，德望很高，以至大家分为小家，小家再分为小家，甚至村里别姓人家，大到红白喜丧之事，小到婆媳兄妹纠纷，都要找父亲去解决。父亲乐意去主持公道，却脾气急躁，往往自己也要生许多闷气。时间长了，他有了一定的权威，多少也有了以"势"来压的味道，他可以说别人不敢说的话，竟还动手打过一个不孝其父的逆子的耳光，这少不得就得罪了一些人。为这事我曾埋怨他，为别人的事何必那么认真，父亲却火了，说道："我半个眼窝也见不得那些龌龊事！"父亲忠厚而严厉，胆小却嫉恶如仇，他以此建立了他的人品和德行，也以此使他吃了许多苦头，受了许多难处。当他活着的时候，这个家庭和这个村子的百多户人家已经习惯了父亲的好处，似乎并不觉得什么，而听到他去世的消息，猛然间都感到了他存在的重要。我守坐在灵堂里，看着多少人来放声大哭，听着他们哭诉："你走了，有什么事我给谁说呀？"的话，我欣慰着我的父亲低微却崇高，平凡而伟大。

在我小小的时候，我是害怕父亲的，他对我的严厉使我产生惧怕，和他单独在一起，我说不出一句话，极力想赶快逃脱。我恋爱的那阵，我的意见与父亲不一致，那年月政治的味道特浓，他害怕女方的家庭成分影响了我，他骂我，打我，吼过我"滚"。在他的一生中，我什么都听从他，惟那件事使他伤透了心。但随着时代的变化，家庭出身已不再影响到个人的前途，但我的妻子并未记恨他，像女儿一样孝敬他，他又反过来说我眼光比他准，逢人夸说儿媳的好处，在最后的几年里每年都喜欢来城中我的小家中住一个时期。但我在他面前，似乎一直长不大，直到我的孩子已经上小学了，一次他来城里，见面递给我一支烟来吸，我才知道我成熟了，有什么事可以直接同他商量。父亲是一个普通的乡村教师，又受家庭生计所累，他没有高官显禄的三朋，也没有身缠万贯的四友，对于我成为作家，社会上开始有些虚名后，他曾是得意和自豪过。他交识的同行和相好免不了向他恭贺，当然少不了向他讨酒喝，父亲在这时候是极其慷慨的，身上有多少钱就掏多少钱，喝就喝个酩酊大醉。以至后来，有人在哪里看见我发表了文章，就拿着去见父亲索酒。他的酒量很大，原因一是"文革"中心情不好借酒消愁，二是后来为我的创作以酒得意，喝酒喝上了瘾，在很长的日子里天天都要喝的，但从不一人独喝，总是吆喝许多人聚家痛饮，又一定要母亲尽一切力量弄些好的饭菜招待。母亲曾经抱怨：家里的好吃好喝全让外人享用了！我也为此生过他的气，以我拒绝喝酒而抗议，父亲真有一段时间也不喝酒了。一九八二年的春天，我因一批小说受到报刊的批评，压力很大，但并未透露一丝消息给他。他听人说了，专程赶三十里到县城去翻报纸，熬煎得几个晚上睡不着。我母亲没文化，不懂得写文章的事，父亲给她说的时候，她困得不时打盹，父亲竟生气得骂母亲。第二天搭车到城里见我，我的一些朋友恰在我那儿谈论外界的批评文章，我怕父亲听见，让他在另一间房内休息，等来客一走，他竟过来说："你不要瞒我，事情我全知道了。没事不要寻事，有了事就不要怕事。你还年轻，要吸取经验教训，路长着哩！"说着又返身去取了他带来的一瓶酒，说："来，咱父子都喝喝酒。"他先倒了一杯喝了，对我笑笑，就把杯子交给我。他笑得很苦，我忍不住眼睛红了。这一次我们父子都重新开戒，差不多喝了一瓶。

自那以后，父亲又喝开酒了，但他从没有喝过什么名酒。两年半前我用稿费为他买了一瓶茅台，正要托人捎回去，他却来检查病了，竟发现患的是胃癌。手术后，我说："这酒你不能喝了，我留下来，等你将来病好了再喝。"我心里知道，父亲怕是再也喝不成了，如果到了最后不行的时候，一定让他喝一口。在父亲生命将息的第十天，我妻子陪送老人回老家，我让把酒带上。但当我回去后，父亲已经去世了，酒还原封未动。妻说：父亲回来后，汤水已经不能进，就是让喝酒，一定腹内烧得难受，为了减少没必要的痛苦，才没有给父亲喝。盛殓时，我流着泪把那瓶茅台放在棺内，让我的父亲在另一个世界上再喝吧。如今，我的文章还在不断地发表出版，我再也享受不到那一份特殊的祝贺了。

父亲只活了六十六岁，他把年老体弱的母亲留给我们，他把两个尚未成家的小妹留给我们，他把家庭的重担留给了从未担过重的长子的我。对于父亲的离去，我们悲痛欲绝，对于离去我们，父亲更是不忍。当检查得知癌细胞已广泛转移毫无医治可能的结论时，我为了稳住父亲的情绪，还总是接二连三地请一些医生来给他治疗，事先给医生说好一定要表现出检查认真，多说宽心话。我知道他们所开的药全都是无济于事的，但父亲要服只得让他服，当然是症状不减，且一日不济一日，他说："平呀，现在咋办呢？"我能有什么办法呀，父亲。眼泪从我肚子里流走了，脸上还得安静，说："你年纪大了，只要心放宽静养，病会好的。"说罢就不敢看他，赶忙借故别的事走到另一个房间去抹眼泪。后来他预感到了自己不行了，却还是让扶起来将那苦涩的药面一大勺一大勺地吞在口里，强行咽下，但他躺下时已泪流满面，一边用手擦着一边说："你妈一辈子太苦，为了养活你们，舍不得吃，舍不得穿，到现在还是这样。我只说她要比我先走了，我会把她照看得好好的……往后就靠你们了。还有你两个妹妹……"母亲第一个哭起来，接着全家大哭，这是我们惟有的一次当着父亲的面痛哭。我真担心这一哭会使父亲明白一切而加重他的负担，但父亲反倒劝慰我们，他照常要服药，说他还要等着早已订好的国庆节给小妹结婚的那一天，还叮咛他来城前已给菜地的红萝卜浇了水，菜苗一定长得茂密，需要间一间。就在他去世的前五天，他还要求母亲去抓了两服中草药熬着喝。父亲是极不甘心地离开了我们，他一直是在悲苦和疼痛中挣扎，我那时真希望他是个哲学家或是个基督教徒，能透悟人生，能将死自认为一种解脱，但父亲是位实实在在的为生活所累了一生的平民，他的清醒的痛苦的逝去使我心灵不得安宁。当得知他在最后一刻终于绽出一个微笑，我的心多多少少安妥了一些。可以告慰父亲的是，母亲在悲苦中总算挺了过来，我们兄妹都一下子更加成熟，什么事都处理得很好。小妹的婚事原准备推迟，但为了父亲灵魂的安息，如期举办，且办得十分圆满。这个家庭没有了父亲并没有散落，为了父亲，我们都在努力地活着。

按照乡间风俗，在父亲下葬之后，我们兄妹接连数天的黄昏去坟上烧纸和燃火，名曰："打怕怕"，为的是不让父亲一人在山坡上孤单害怕。冥纸和麦草燃起，灰屑如黑色的蝴蝶满天飞舞，我们给父亲说着话，让他安息，说在这面黄土坡上有我的爷爷奶奶，有我的大伯，有我村更多的长辈，父亲是不会孤单的，也不必感到孤单，这面黄土坡离他修建的那一院房子不远，他还是极容易来家中看看；而我们更是永远忘不了他，会时常来探望他的。

1989年10月13日写毕

父亲去世后三十三天，"五七"之前

秋天的怀念

◆ 史铁生

　　双腿瘫痪后，我的脾气变得暴怒无常。望着望着天上北归的雁阵，我会突然把面前的玻璃砸碎；听着听着李谷一甜美的歌声，我会猛地把手边的东西摔向四周的墙壁。母亲就悄悄地躲出去，在我看不见的地方偷偷地听着我的动静。当一切恢复沉寂，她又悄悄地进来，眼边红红的，看着我。"听说北海的花儿都开了，我推着你去走走。"她总是这么说。母亲喜欢花，可自从我的腿瘫痪后，她侍弄的那些花都死了。"不，我不去！"我狠命地捶打这两条可恨的腿，喊着："我可活什么劲！"母亲扑过来抓住我的手，忍住哭声说："咱娘儿俩在一块儿，好好儿活，好好儿活……"

　　可我却一直都不知道，她的病已经到了那步田地。后来妹妹告诉我，她常常肝疼得整宿整宿翻来覆去地睡不了觉。

　　那天我又独自坐在屋里，看着窗外的树叶唰唰啦啦地飘落。母亲进来了，挡在窗前："北海的菊花开了，我推着你去看看吧。"她憔悴的脸上现出央求般的神色。"什么时候？""你要是愿意，就明天？"她说。我的回答已经让她喜出望外了。"好吧，就明天。"我说。她高兴得一会儿坐下，一会儿站起："那就赶紧准备准备。""哎呀，烦不烦？几步路，有什么好准备的！"她也笑了，坐在我身边，絮絮叨叨地说着："看完菊花，咱们就去'仿膳'，你小时候最爱吃那儿的豌豆黄儿。还记得那回我带你去北海吗？你偏说那杨树花是毛毛虫，跑着，一脚踩扁一个……"她忽然不说了。对于"跑"和"踩"一类的字眼儿，她比我还敏感。她又悄悄地出去了。

她出去了，就再也没回来。

邻居们把她抬上车时，她还在大口大口地吐着鲜血。我没想到她已经病成那样。看着三轮车远去，也绝没有想到那竟是永远的诀别。

邻居的小伙子背着我去看她的时候，她正艰难地呼吸着，像她那一生艰难的生活。别人告诉我，她昏迷前的最后一句话是："我那个有病的儿子和我那个还未成年的女儿……"

又是秋天，妹妹推我去北海看了菊花。黄色的花淡雅，白色的花高洁，紫红色的花热烈而深沉，泼泼洒洒，秋风中正开得烂漫。我懂得母亲没有说完的话。妹妹也懂。我俩在一块儿，要好好儿活……

1981年

祖父死了的时候

◆ 萧红

祖父总是有点变样子，他喜欢流起眼泪来，同时过去很重要的事情他也忘掉。比方过去那一些他常讲的故事，现在讲起来，讲了一半下一半他就说："我记不得了。"

某夜，他又病了一次，经过这一次病，他竟说："给你三姑写信，叫她来一趟，我不是四五年没看过她吗？"他叫我写信给我已经死去五年的姑母。

那次离家是很痛苦的。学校来了开学通知信，祖父又一天一天地变样起来。

祖父睡着的时候，我就躺在他的旁边哭，好像祖父已经离开我死去似的，一面哭着一面抬头看他凹陷的嘴唇。我若死掉祖父，就死掉我一生最重要的一个人，好像他死了就把人间一切"爱"和"温暖"带得空空虚虚。我的心被丝线扎住或铁丝绞住了。

我联想到母亲死的时候。母亲死以后，父亲怎样打我，又娶一个新母亲来。这个母亲很客气，不打我，就是骂，也是指着桌子或椅子来骂我。客气是越客气了，但是冷淡了，疏远了，生人一样。

"到院子去玩玩吧！"祖父说了这话之后，在我的头上撞了一下，"喂！你看这是什么？"一个黄金色的橘子落到我的手中。

夜间不敢到茅厕去，我说："妈妈同我到茅厕去趟吧。"

"我不去！"

"那我害怕呀！"

"怕什么？"

"怕什么？怕鬼怕神？"父亲也说话了，把眼睛从眼镜上面看着我。

冬天，祖父已经睡下，赤着脚，开着纽扣跟我到外面茅厕去。

学校开学，我迟到了四天。三月里，我又回家一次，正在外面叫门，里面小弟弟嚷着："姐姐回来了！姐姐回来了！"大门开时，我就远远注意着祖父住着的那间房子。果然祖父的面孔和胡子闪现在玻璃窗里。我跳着笑着跑进屋去。但不是高兴，只是心酸，祖父的脸色更惨淡更白了。等屋子里一个人没有时，他流着泪，他慌慌忙忙的一边用袖口擦着眼泪，一边抖动着嘴唇说："爷爷不行了，不知早晚……前些日子好险没跌……跌死。"

"怎么跌的？"

"就是在后屋，我想去解手，招呼人，也听不见，按电铃也没有人来，就得爬啦。还没到后门口，腿颤，心跳，眼前发花了一阵就倒下去。没跌断了腰……人老了，有什么用处！爷爷是八十一岁呢。"

"爷爷是八十一岁。"

"没用了，活了八十一岁还是在地上爬呢！我想你看不着爷爷了，谁知没有跌死，我又慢慢爬到炕上。"

我走的那天也是和我回来那天一样，白色的脸的轮廓闪现在玻璃窗里。

在院心我回头看着祖父的面孔，走到大门口，在大门口我仍可看见，出了大门，就被门扇遮断。

从这一次祖父就与我永远隔绝了。虽然那次和祖父告别，并没说出一个永别的字。我回来看祖父，这回门前吹着喇叭，幡杆挑得比房头更高，马车离家很远的时候，我已看到高高的白色幡杆了，吹鼓手们的喇叭苍凉的在悲号。马车停在喇叭声中，大门前的白幡、白对联、院心的灵棚、闹嚷嚷许多人，吹鼓手们响起呜呜的哀号。

这回祖父不坐在玻璃窗里，是睡在堂屋的板床上，没有灵魂地躺在那里。我要看一看他白色的胡子，可是怎样看呢！拿开他脸上蒙着的纸吧，胡子、眼睛和嘴，都不会动了，他真的一点感觉也没有了？我从祖父的袖管里去摸他的手，手也没有感觉了。祖父这回真死去了啊！

祖父装进棺材去的那天早晨，正是后园里玫瑰花开放满树的时候。我扯着祖父的一张被角，抬向灵前去。吹鼓手在灵前吹着大喇叭。

我怕起来，我号叫起来。

"咣咣！"黑色的，半尺厚的灵柩盖子压上去。

吃饭的时候，我饮了酒，用祖父的酒杯饮的。饭后我跑到后园玫瑰树下去卧倒，园中飞着蜂子和蝴蝶，绿草的清凉的气味，这都和十年前一样。可是十年前死了妈妈。妈妈死后我仍是在园中扑蝴蝶；这回祖父死去，我却饮了酒。

过去的十年我是和父亲打斗着生活。在这期间我觉得人是残酷的东西。父亲对我是没有好面孔的，对于仆人也是没有好面孔的，他对于祖父也是没有好面孔的。因为仆人是穷人，祖父是老人，我是个小孩子，所以我们这些完全没有保障的人就落到他的手里。后来我看到新娶来的母亲也落到他的手里，他喜欢她的时候，便同她说笑，他恼怒时便骂她，母亲渐渐也怕起父亲来。

母亲也不是穷人，也不是老人，也不是孩子，怎么也怕起父亲来呢？我到邻家去看看，邻家的女人也是怕男人。我到舅家去，舅母也是怕舅父。

我懂得的尽是些偏僻的人生，我想世间死了祖父，就没有再同情我的人了，世间死了祖父，剩下的尽是些凶残的人了。

我饮了酒，回想，幻想……

以后我必须不要家，到广大的人群中去，但我在玫瑰树下颤怵了，人群中没有我的祖父。

所以我哭着，整个祖父死的时候我哭着。

（首刊于1935年7月28日《大同报·大同俱乐部》）

背影

♦朱自清

我与父亲不相见已二年余了，我最不能忘记的是他的背影。那年冬天，祖母死了，父亲的差使也交卸了，正是祸不单行的日子，我从北京到徐州，打算跟着父亲奔丧回家。到徐州见着父亲，看见满院狼藉的东西，又想起祖母，不禁簌簌地流下眼泪。父亲说："事已如此，不必难过，好在天无绝人之路！"

回家变卖典质，父亲还了亏空；又借钱办了丧事。这些日子，家中光景很是惨淡，一半为了丧事，一半为了父亲赋闲。丧事完毕，父亲要到南京谋事，我也要回北京念书，我们便同行。

到南京时，有朋友约去游逛，勾留了一日；第二日上午便须渡江到浦口，下午上车北去。父亲因为事忙，本已说定不送我，叫旅馆里一个熟识的茶房陪我同去。他再三嘱咐茶房，甚是仔细。但他终于不放心，怕茶房不妥帖；颇踌躇了一会。其实我那年已二十岁，北京已来往过两三次，是没有什么要紧的了。他踌躇了一会，终于决定还是自己送我去。我两三回劝他不必去；他只说："不要紧，他们去不好！"

我们过了江，进了车站。我买票，他忙着照看行李。行李太多了，得向脚夫行些小费，才可过去。他便又忙着和他们讲价钱。我那时真是聪明过分，总觉他说话不大漂亮，非自己插嘴不可。但他终于讲定了价钱；就送我上车。他给我拣定了靠车门的一张椅子；我将他给我做的紫毛大衣铺好坐位。他嘱我路上小心，夜里警醒些，不要受凉。又嘱托茶房好好照应我。我心里暗笑他的迂，他们只认得钱，托他们真是白托！而且我这样大年纪的人，难道还不能料理自己吗？唉，我现在想想，那时真是太聪明了！

我说道："爸爸，你走吧。"他望车外看了看，说："我买几个橘子去。你就在此地，不要走动。"我看那边月台的栅栏外有几个卖东西的等着顾客。走到那边月台，须穿过铁道，须跳下去又爬上去。父亲是一个胖子，走过去自然要费事些。我本来要去的，他不肯，只好让他去。我看见他戴着黑布小帽，穿着黑布大马褂，深青布棉袍，蹒跚地走到铁道边，慢慢探身下去，尚不大难。可是他穿过铁道，要爬上那边月台，就不容易了。他用两手攀着上面，两脚再向上缩；他肥胖的身子向左微倾，显出努力的样子。这时我看见他的背影，我的泪很快地流下来了。我赶紧拭干了泪，怕他看见，也怕别人看见。我再向外看时，他已抱了朱红的橘子望回走了。过铁道时，他先将橘子散放在地上，自己慢慢爬下，再抱起橘子走。到这边时，我赶紧去搀他。他和我走到车上，将橘子一股脑儿放在我的皮大衣上。于是扑扑衣上的泥土，心里很轻松似的，过一会说："我走了；到那边来信！"我望着他走出去。他走了几步，回过头看见我，说："进去吧，里边没人。"等他的背影混入来来往往的人里，再找不着了，我便进来坐下，我的眼泪又来了。

近几年来，父亲和我都是东奔西走，家中光景是一日不如一日。他少年出外谋生，独力支持，做了许多大事。哪知老境却如此颓唐！他触目伤怀，自然情不能自已。情郁于中，自然要发之于外；家庭琐屑便往往触他之怒。他待我渐渐不同往日。但最近两年的不见，他终于忘却我的不好，只是惦记着我，惦记着我的儿子。我北来后，他写了一信给我，信中说道："我身体平安，惟膀子疼痛厉害，举箸提笔，诸多不便，大约大去之期不远矣。"

我读到此处，在晶莹的泪光中，又看见那肥胖的，青布棉袍，黑布马褂的背影。唉！我不知何时再能与他相见！

一九二五年十月在北京

悼志摩

◆ 林徽因

十一月十九日我们的好朋友，许多人都爱戴的新诗人，徐志摩突兀的，不可信的，残酷的，在飞机上遇险而死去。这消息在二十日的早上像一根针刺猛触到许多朋友的心上，顿使那一早的天墨一般地昏黑，哀恸的咽哽锁住每一个人的嗓子。

志摩……死……谁曾将这两个句子联在一处想过！他是那样活泼的一个人，那样刚刚站在壮年的顶峰上的一个人。朋友们常常惊讶他的活动，他那像小孩般的精神和认真，谁又会想到他死？

突然地，他闯出我们这共同的世界，沉入永远的静寂，不给我们一点预告，一点准备，或是一个最后希望的余地。这种几乎近于忍心的决绝，那一天不知震麻了多少朋友的心？现在那不能否认的事实，仍然无情地挡住我们前面。任凭我们多苦楚地哀悼他的惨死，多迫切地希冀能够仍然接触到他原来的音容，事实是不会为体贴我们这悲念而有些许更改；而他也再不会为不忍我们这伤悼而有些许活动的可能！这难堪的永远静寂和消沉便是死的最残酷处。

我们不迷信的，没有宗教地望着这死的帷幕，更是丝毫没有把握。张开口我们不会呼吁，闭上眼不会入梦，徘徊在理智和情感的边沿，我们不能预期后会，对这死，我们只是永远发怔，吞咽苦涩的泪；待时间来剥削这哀恸的尖锐，痂结我们每次悲悼的创伤。那一天下午初得到消息的许多朋友不是全跑到胡适之先生家里么？但是除却拭泪相对，默然围坐外，谁也没有主意，谁也不知有什么话说，对这死！

谁也没有主意，谁也没有话说！事实不容我们安插任何的希望，情感不容我们不伤悼这突兀的不幸，理智又不容我们有超自然的幻想！默然相对，默然围坐……而志摩则仍是死去没有回头，没有音讯，永远地不会回头，永远地不会再有音讯。

我们中间没有绝对信命运之说的，但是对着这不测的人生，谁不感到惊异，对着那许多事实的痕迹又如何不感到人力的脆弱，智慧的有限。世事尽有定数？世事尽是偶然？对这永远的疑问我们什么时候能有完全的把握？

在我们前边展开的只是一堆坚质的事实：

"是的，他十九晨有电报来给我……

"十九早晨，是的！说下午三点准到南苑，派车接……

"电报是九时从南京飞机场发出的……

"刚是他开始飞行以后所发……

"派车接去了，等到四点半……说飞机没有到……

"没有到……航空公司说济南有雾……很大……"只是一个钟头的差别；下午三时到南苑，济南有雾！谁相信就是这一个钟头中便可以有这么不同事实的发生，志摩，我的朋友！

他离平的前一晚我仍见到，那时候他还不知道他次晨南旅的，飞机改期过三次，他曾说如果再改下去，他便不走了的。我和他同由一个茶会出来，在总布胡同口分手。在这茶会里我们请的是为太平洋会议来的一个柏雷博士，因为他是志摩生平最爱慕的女作家曼殊斐儿的姊丈，志摩十分的殷勤；希望可以再从柏雷口中得些关于曼殊斐儿早年的影子，只因限于时间，我们茶后匆匆地便散了。晚上我有约会出去了，回来时很晚，听差说他又来过，适遇我们夫妇刚走，他自己坐了一会儿，喝了一壶茶，在桌上写了些字便走了。我到桌上一看："定明早六时飞行，此去存亡不卜……"我怔住了，心中一阵不痛快，却忙给他一个电话。

"你放心。"他说，"很稳当的，我还要留着生命看更伟大的事迹呢，哪能便死？……"

话虽是这样说，他却是已经死了整两周了！

凡是志摩的朋友，我相信全懂得，死去他这样一个朋友是怎么一回事！

现在这事实一天比一天更结实，更固定，更不容否认。志摩是死了，这个简单惨酷的实际早又添上时间的色彩，一周，两周，一直地增长下去……

我不该在这里语无伦次地尽管呻吟我们做朋友的悲哀情绪。归根说，读者抱着我们文字看，也就是像志摩的请柏雷一样，要从我们口里再听到关于志摩的一些事。这个我明白，只怕我不能使你们满意，因为关于他的事，动听的，使青年人知道这里有个不可多得的人格存在的，实在太多，决不是几千字可以表达得完。谁也得承认像他这样的一个人世间便不轻易有几个的，无论在中国或是外国。

我认得他，今年整十年，那时候他在伦敦经济学院，尚未去康桥。我初次遇到他，也就是他初次认识到影响他迁学的逖更生先生。不用说他和我父亲最谈得来，虽然他们年岁上差别不算少，一见面之后便互相引为知己。他到康桥之后由逖更生介绍进了皇家学院，当时和他同学的有我姊丈温君源宁。一直到最近两月中源宁还常在说他当时的许多笑话，虽然说是笑话，那也是他对志摩最早的一个惊异的印象。志摩认真的诗情，绝不含有丝毫矫伪，他那种痴，那种孩子似的天真实能令人惊讶。源宁说，有一天他在校舍里读书，外边下了倾盆大雨——惟是英伦那样的岛国才有的狂雨——忽然他听到有人猛敲他的房门，外边跳进一个被雨水淋得全湿的客人。不用说他便是志摩，一进门一把扯着源宁向外跑，说快来我们到桥上去等着。这一来把源宁怔住了，他问志摩等什么在这大雨里。志摩睁大了眼睛，孩子似的高兴地说"看雨后的虹去"。源宁不止说他不去，并且劝志摩趁早将湿透的衣服换下，再穿上雨衣出去，英国的湿气岂是儿戏，志摩不等他说完，一溜烟地自己跑了！

以后我好奇地曾问过志摩这故事的真确，他笑着点头承认这全段故事的真实。我问：那么下文呢，你立在桥上等了多久，并且看到虹了没有？他说记不清但是他居然看到了虹。我诧异地打断他对那虹的描写，问他：怎么他便知道，准会有虹的。他得意地笑答我说："完全诗意的信仰！"

"完全诗意的信仰"，我可要在这里哭了！也就是为这"诗意的信仰"他硬要借航空的方便达到他"想飞"的凤愿！"飞机是很稳当的，"他说，"如果要出事那是我的运命！"他真对运命这样完全诗意的信仰！

志摩，我的朋友，死本来也不过是一个新的旅程，我们没有到过的，不免过分地怀疑，死不定就比这生苦，"我们不能轻易断定那一边没有阳光与人情的温慰"，但是我前边说过最难堪的是这永远的静寂。我们生在这没有宗教的时代，对这死实在太没有把握了。这以后许多思念你的日子，怕要全是昏暗的苦楚，不会有一点点光明，除非我也有你那美丽的诗意的信仰！

我个人的悲绪不竟又来扰乱我对他生前许多清晰的回忆，朋友们原谅。

诗人的志摩用不着我来多说，他那许多诗文便是估价他的天平。我们新诗的历史才是这样的短，恐怕他的判断人尚在我们儿孙辈的中间。我要谈的是诗人之外的志摩。人家说志摩的为人只是不经意的浪漫，志摩的诗全是抒情诗，这断语从不认识他的人听来可以说很公平，从他朋友们看来实在是对不起他。志摩是个很古怪的人，浪漫固然，但他人格里最精华的却是他对人的同情、和蔼，和优容；没有一个人他对他不和蔼，没有一种人，他不能优容，没有一种的情感，他绝对地不能表同情。我不说了解，因为不是许多人爱说志摩最不解人情么？我说他的特点也就在这上头。

我们寻常人就爱说了解：能了解的，我们便同情；不了解的，我们便很落寞乃至于酷刻。表同情于我们能了解的，我们以为很适当；不表同情于我们不能了解的，我们也认为很公平。志摩则不然，了解与不了解，他并没有过分地夸张，他只知道温存，和平，体贴，只要他知道有情感的存在，无论出自何人，在何等情况之下，他理智上认为适当与否，他全能表几分同情，他真能体会原谅他人与他自己不相同处。从不会刻薄地单支出严格的迫仄的道德的天平指摘凡是与他不同的人。他这样的温和，这样的优容，真能使许多人惭愧，我可以忠实地说，至少他要比我们多数的人伟大许多；他觉得人类各种的情感动作全有它不同的，价值放大了的人类的眼光，同情是不该只限于我们划定的范围内。他是对的，朋友们，归根说，我们能够懂得几个人，了解几桩事，几种情感？哪一桩事，哪一个人没有多面的看法！为此说来志摩朋友之多，不是个可怪的事；凡是认得他的人不论深浅对他全有特殊的感情，也是极自然的结果。而反过来看他自己在他一生的过程中却是很少得着同情的。不止如是，他还曾为他的一点理想的愚诚几次几乎不见容于社会。但是他却未曾为这个而鄙吝他给他人的同情心，他的性情，不曾为受了刺激而转变刻薄暴戾过，谁能不承认他几有超人的宽量。

志摩的最动人的特点，是他那不可信的纯净的天真，对他的理想的愚诚，对艺术欣赏的认真，体会情感的切实，全是难能可贵到极点。他站在雨中等虹，他甘冒社会的大不韪争他的恋爱自由，他坐曲折的火车到乡间去拜哈代，他抛弃博士一类的引诱卷了书包到英国，只为要拜罗素做老师，他为了一种特异的境遇，一时特异的感动，从此在生命途中冒险，从此抛弃所有的旧业，只是尝试写几行新诗——这几年新诗尝试的运命并不太令人踊跃，冷嘲热骂只是家常便饭——他常能走几里路去采几茎花，费许多周折去看一个朋友说两句话；这些，还有许多，都不是我们寻常能够轻易了解的神秘。我说神秘，其实竟许是傻，是痴！事实上他只是比我们认真，虔诚到傻气，到痴！他愉快起来，他的快乐的翅膀可以碰得到天；他忧伤起来，他的悲戚是深得没有底。寻常评价的衡量在他手里失了效用，利害轻重他自有他的看法，纯是艺术的情感的脱离寻常的原则，所以往常人常听到朋友们说到他总爱带着嗟叹的口吻说："那是志摩，你又有什么法子！"他真的是个怪人么？朋友们，不，一点都不是，他只是比我们近情，近理，比我们热诚，比我们天真，比我们对万物都更有信仰，对神，对人，对灵，对自然，对艺术！

朋友们，我们失掉的不止是一个朋友，一个诗人，我们丢掉的是个极难得可爱的人格。

至于他的作品全是抒情的么？他的兴趣只限于情感么？更是不对。志摩的兴趣是极广泛的。就有几件，说起来，不认得他的人便要奇怪。他早年很爱数学，他始终极喜欢天文，他对天上星宿的名字和部位就认得很多，最喜暑夜观星，好几次他坐火车都是带着关于宇宙的科学的书。他曾经译过爱因斯坦的相对论，并且在一九二二年便写过一篇关于相对论的东西登在《民铎》杂志上。他常向思成说笑："任公先生的相对论的知识还是从我徐君志摩大作上得来的呢，因为他说他看过许多关于爱因斯坦的哲学都未曾看懂，看到志摩的那篇才懂了。"今夏我在香山养病，他常来闲谈，有一天谈到他幼年上学的经过和美国克莱克大学两年学经济学的景况，我们不禁对笑了半天，后来他在他的《猛虎集》的"序"里也说了那么一段。可是奇怪的！他不像许多天才，幼年里上学，不是不及格，便是被斥退，他是常得优等的，听说有一次康乃尔暑校里一个极严的经济教授还写了信去克莱克大学教授那里恭维他的学生，关于一门很难的功课。我不是为志摩在这里夸张，因为事实上只有为了这桩事，今夏志摩自己便笑得不亦乐乎！

此外他的兴趣对于戏剧绘画都极深浓，戏剧不用说，与诗文是那么接近，他领略绘画的天才也颇可观，后期印象派的几个画家，他都有极精密的爱恶，对于文艺复兴时代那几位，他也很熟悉，他最爱鲍蒂切利和达文骞。自然他也常承认文人喜画常是间接地受了别人论文的影响，他的，就受了法兰（Roger Fry）和斐德（Walter Pater）的不少。对于建筑审美他常常对思成和我道歉说："太对不起，我的建筑常识全是Ruskins①那一套。"他知道我们是最讨厌Ruskins的。但是为看一个古建的残址，一块石刻，他比任何人都热心，都更能静心领略。

他喜欢色彩，虽然他自己不会作画，暑假里他曾从杭州给我几封信，他自己叫它们作"描写的水彩画"，他用英文极细致地写出西边桑田的颜色，每一分嫩绿，每一色鹅黄，他都仔细地观察到。又有一次他望着我园里一带断墙半晌不语，过后他告诉我说，他正在默默体会，想要描写那墙上向晚的艳阳和刚刚入秋的藤萝。

对于音乐，中西的他都爱好，不止爱好，他那种热心便唤醒过北京一次——也许唯一的一次——对音乐的注意。谁也忘不了那一年，克拉斯拉到北京在"真光"拉一个多钟头的提琴。对旧剧他也得算"在行"，他最后在北京那几天我们曾接连地同去听好几出戏，回家时我们讨论得热闹，比任何剧评都诚恳都起劲。

谁相信这样的一个人，这样忠实于"生"的一个人，会这样早地永远地离开我们另投一个世界，永远地静寂下去，不再透些须声息！

我不敢再往下写，志摩若是有灵，听到比他年轻许多的一个

---

① Ruskins：拉斯金斯，英国美术批评家。

小朋友，拿着老声老气的语调谈到他的为人，不觉得不快么？这里我又来个极难堪的回忆，那一年他在这同一个的报纸上，写了那篇伤我父亲惨故的文章，这梦幻似的人生转了几个弯，曾几何时，却轮到我在这风紧夜深里握吊他的惨变。这是什么人生？什么风涛？什么道路？志摩，你这最后的解脱未始不是幸福，不是聪明，我该当羡慕你才是。

刊于1931年12月7日《北平晨报》
第9版"北晨学园哀悼志摩专号"

让"死"活下去

◆陈希米

　　谁也不知道那一天会是最后一天。那个星期四，直到最后我也没有任何预感，你会离开我。在救护车上，你对我说的最后一句话是："我没事。"

　　我在下班路上接到你打给我的最后一个电话。五点半我们还在家，你说："今天全赖我。"我知道，你是指上午透析前我们为护腰粘钩设计是否合理争执时，你的坏脾气又上来了，或许是因为这个导致了出血。虽然已经叫了救护车，我还在犹豫去不去，我想这么冷的天去医院，别得不偿失给你弄感冒了。

　　在医院，知道了是颅内大面积出血，我没有听立哲的话做开颅手术，很快就决定放弃。我冷静得出奇，史岚也没有丝毫的不理解，我们非常一致。

　　在你进了手术室等待做器官移植之后——事实上，这已经意味着永远没有了你——我居然还可以跟别人大声说话。几个月后，我却很难做到，除非必须。

那一天是最后一天，是2010年的最后一天。你不再管我，自己走了。

你在哪儿？

我们说过无数次的死终于来了，我终于走进了你死了的日子。

别人都说，你死了。

上帝忙完，创造了世界，就到了第七天。

到第七天，我第一次有梦，并且梦见了你。

你说你没生病，是骗他们的，你说，咱俩把他们都骗了。

你是说你没死？你骗他们的，我也知道你没死？咱俩一起骗的他们？

咱俩怎么会分开？这当然不会是真的。你老研究死，不过是想看看死究竟是怎么回事，所以你就开了个玩笑？不管怎么样，我总是知道的，你骗人，我肯定会发现，我没发现你也会告诉我。所以，是我们俩一起骗了大伙儿。

这个梦是什么意思？或许，真是一场骗局，我是在梦里做梦？只要醒来，就没事了？

邢仪记得你说过的话："我们等着吧，等我们走到那儿，就会知道那边是什么，反正不是无，放心吧，没有'没有'的地方。"我一听就知道她一个字也没记错，是你说的。

陈雷拿来好多好多纸，烧了好久好久，一定要把它们烧"没"。让它们"没有"，才能去"没有"的地方。他迷信。你不回来，我只能跟着他们烧，我什么感觉也没有。你有吗？

选骨灰盒，他们七嘴八舌的，有很多建议。

我不认真听，扭头就要问你，才知道，已经与你无关。

你死了，是真的。

何东说，走在街上，看见一个人，仿佛是你，就追上去……

我也走在街上，对自己说，不会的，真的不会，你不可能出现，再像你的人也不会是你。你死了，世界上确实有死这回事，这所有的人都知道。我不怀疑，我知道。但我还是想，你在哪儿？我生活的这个世界是哪儿？我不理解这件事。每天，我都要反复告诉自己，真的发生了，这样的事在这个世界上无比正常。特别是听到别人的死，证明了确实有死这样的事。既然这样，你也会遭遇这样的事。这符合逻辑。

我在经历你的死，是真的，可我一点都没法理解。它到底是什么？明明你还在，我天天都和你说话，每时每刻都知道你只是不在我身边，不在家，不在街上。但是你在的！要不然什么是我呢？我的整个身心都充满了你，你不可能不在。但是你在哪儿？

每天，在路上，在路上是我们在一起的时候，没有人会插进来，没有人会打搅我们。我慢慢地开车，我不着急去上班，不着急去任何地方，你似乎就在我上面，一直陪着我……

我一个人在街上。

小庄往南，有一条新路，我们俩曾经走过……我看见你穿着那件蓝色冲锋服，开着电动轮椅在前面，一个蓝色的影子，一直在前面，恍恍惚惚，慢慢悠悠，就是永远，永远都不等我，不和我在一起。

街上几乎没有人，只有凛冽的风。我一个人在街上，不知道过了多久……

是啊，不知道过了多久，你自己一个人，开着电动轮椅不知道走了多远，不知道过了多长时间，天都快黑了，撞见了下班回家的刘瑞虎，他惊异地向你喊："铁生，你知道你跑到什么地方了吗？"

什么地方并不重要，我知道你心里想的是：开到死吧，看看能不能走出这个世界……

从此我将一个人，一个人决定一切，一个人做一切。你即使看见、听见，也绝不会说一个字。你死了，就是决定永远袖手旁观。到底发生了什么？世界上每个人都会死？死了都是这样？每个人都必将离开自己所爱的人？彻底离开，永远离开？你们死去的人，会看见我们在世上的身影吗？会知道我们想念你们吗？会和我们联络吗？你说过，你要给我发信号的，会尽一切力量去做，让我感知。可是我没有收到任何信息！

我去了地坛。我没有别的方式，我不知道该做些什么才能与你相关。虽然地坛不再荒芜，不再宁静，可那些大树还在，那些曾经长久地陪伴过你的大树还在，在初春的阳光里，安静从容。我仿佛看见你的身影，你开着电动轮椅一个人远远跑在前面，悠然自得，一会儿又迅速地转回来，告诉落在后面的我们，哪里又添了篱墙，哪里又铺了砖路……

现在我被思念笼罩着，我不知道我能做什么，又到哪里去找你！我到了地坛，却分明感到你不在！不，你说过的，你说，只要想到你，无论在何处，你就在那儿，在每一处，在我们想你的地方。

（节选自《让"死"活下去》）

小船上的信

　　船在慢慢地上滩，我背船坐在被盖里，用自来水笔来给你写封长信。这样坐下写信并不吃力，你放心。这时已经三点钟，还可以走两个钟头。应停泊在什么地方，照俗谚说，"行船莫算，打架莫看"，我不过问。大约可再走廿里，应歇下时，船就泊到小村边去，可保平安无事。船泊定后我必可上岸去画张画。你不知见到了我常德长堤那张画不？那张窄的长的。这里小河两岸全是如此美丽动人，我画得出它的轮廓，但声音、颜色、光，可永远无本领画出了。你实在应来这小河里看看，你看过一次，所得的也许比我还多，就因为你梦里也不会想到的光景，一到这船上，便无不朗然入目了。这种时节两边岸上还是绿树青山，水则透明如无物，小船用两个人拉着，便在这种清水里向上滑行，水底全是各色各样的石子。舵手抿起个嘴唇微笑，我问他："姓什么？""姓刘。""在这条河里划了几年船？""我今年五十三，十六岁就划船。"来，三三，请你为我算算这个数目。

这人厉害得很，四百里的河道，涨水干涸河道的变迁，他无不明明白白。他知道这河里有多少滩、多少潭。看那样子，若许我来形容形容，他还可以说知道这河中有多少石头！是的，凡是较大的，知名的石头，他无一不知！水手一共是三个，除了舵手在后面管舵管篷管纤索的伸缩，前面舱板有两个人。其中一个是小孩子，一个是大人。两个人的职务是船在滩上时，就撑急水篙，左边右边下篙，把钢钻打得水中石头作出好听的声音。到长潭时则荡桨，躬起个腰推扳长桨，把水弄得哗哗的，声音也很幽静温柔。到急水滩时，则两人背了纤索，把船拉去，水急了些，吃力时就伏在石滩上，手足并用地爬行上去。船是只新船，油得黄黄的，干净得可以作为教堂的神龛。我卧的地方较低一些，可听得出水在船底流过的细碎声音。前舱用板隔断，故我可以不被风吹。我坐的是后面，凡为船后的天、地、水，我全可以看到。我就这样一面看水一面想你。我快乐，就想应当同你快乐，我闷，就想要你在我必可以不闷。我同船老板吃饭，我盼望你也在一角吃饭。我至少还得在船上过七个日子，还不把下行的计算在内。你说，这七个日子我怎么办？天气又不很好，并无太阳，天是灰灰的，一切较远的边岸小山同树木，皆裹在一层轻雾里，我又不能照相，也不宜画画。看看船走动时的情形，我还可以在上面写文章，感谢天，我的文章既然提到的是水上的事，在船上实在太方便了。倘若写文章得选择一个地方，我如今所在的地方是太好了一点的。不过我离得你那么远，文章如何写得下去。"我不能写文章，就写信。"我这么打算，我一定做到。我每天可以写四张，若写完四张事情还不说完，我再写。这只手既然离开了你，也只有那么来折磨它了。

我来再说点船上事情吧。船现在正在上滩，有白浪在船旁奔驰，我不怕，船上除了寂寞，别的是无可怕的。我只怕寂寞。但这也正可训练一下我自己。我知道对我这人不宜太好，到你身边，我有时真会使你皱眉。我疏忽了你，使我疏忽的原因便只是你待我太好，纵容了我。但你一生气，我即刻就不同了。现在则用一件人事把两人分开，用别离来训练我，我明白你如何在支配我管领我！为了只想同你说话，我便钻进被盖中去，闭着眼睛。你瞧，这小船多好！你听，水声多幽雅！你听，船那么轧轧响着，它在说话！它说："两个人尽管说笑，不必担心那掌舵人。他的职务在看水，他忙着。"船真轧轧地响着。可是我如今同谁去说？我不高兴！

梦里来赶我吧，我的船是黄的，船主名字叫作"童松柏"，桃源县人。尽管从梦里赶来，沿了我所画的小堤一直向西走，沿河的船虽万万千千，我的船你自然会认识的。这里地方狗并不咬人，不必在梦里为狗吓醒！

你们为我预备的铺盖，下面太薄了点，上面太硬了点，故我很不暖和，在旅馆已嫌不够，到了船上可更糟了。盖的那床被大而不暖，不知为什么独选着它陪我旅行。我在常德买了一斤腊肝、半斤腊肉，在船上吃饭很合适……莫说吃的吧，因为摇船歌又在我耳边响着了，多美丽的声音！

我们的船在煮饭了，烟味儿不讨人嫌。

我们吃的饭是粗米饭，很香很好吃。可惜我们忘了带点豆腐乳，忘了带点北京酱菜。想不到的是路上那么方便，早知道那么方便，我们还可带许多北京宝贝来上面，当"真宝贝"去送人！

你这时节应当在桌边做事的。

山水美得很，我想你一同来坐在舱里，从窗口望那点紫色的小山。我想让一个木筏使你惊讶，因为那木筏上面还种菜！我想要你来使我的手暖和一些……

一九三四年一月十三日下午五时

辑五

下次你路过，人间已无我

这一件小事，

却总是浮在我眼前，有时反更分明，

叫我惭愧，催我自新，

并且增长我的勇气和希望。

闹市闲民

◆ 汪曾祺

　　我每天在西四倒101路公共汽车回甘家口。直对101站牌有一户人家。一间屋，一个老人。天天见面，很熟了。有时车老不来，老人就搬出一个马扎儿来："车还得会子，坐会儿。"

　　屋里陈设非常简单（除了大冬天，他的门总是开着），一张小方桌，一个方杌凳，三个马扎儿，一张床，一目了然。

　　老人七十八岁了，看起来不像，顶多七十岁。气色很好。他经常戴一副老式的圆镜片的浅茶晶的养目镜——这副眼镜大概是他身上唯一值钱的东西。眼睛很大，一点没有混浊，眼角有深深的鱼尾纹。跟人说话时总带着一点笑意，眼神如一个天真的孩子。上唇留了一撮疏疏的胡子，花白了。他的人中很长，唇髭不短，但是遮不住他的微厚而柔软的上唇。——相书上说人中长者多长寿，信然。他的头发也花白了，向后梳得很整齐。他常年穿一套很宽大的蓝制服，天凉时套一件黑色粗毛线的很长的背心。圆口布鞋，草绿色线袜。

从攀谈中我大概知道了他的身世。他原来在一个中学当工友，早就退休了。他有家。有老伴。儿子在石景山钢铁厂当车间主任。孙子已经上初中了。老伴跟儿子，他不愿跟他们一起过，说是："乱！"他愿意一个人。他的女儿出嫁了。外孙也大了。儿子有时进城办事，来看看他，给他带两包点心，说会子话。儿媳妇、女儿隔几个月来给他拆洗拆洗被窝。平常，他和亲属很少来往。

他的生活非常简单。早起扫扫地，扫他那间小屋，扫门前的人行道。一天三顿饭。早点是干馒头就咸菜喝白开水。中午晚上吃面。一年三百六十五天，天天如此。他不上粮店买切面，自己做。抻条，或是拨鱼儿。他的拨鱼儿真是一绝。小锅里坐上水，用一根削细了的筷子把稀面顺着碗口"赶"进锅里。他拨的鱼儿不断，一碗拨鱼儿是一根，而且粗细如一。我为看他拨鱼儿，宁可误一趟车。我跟他说："你这拨鱼儿真是个手艺！"他说："没什么，早一点把面和上，多搅搅。"我学着他的法子回家拨鱼儿，结果成了一锅面糊糊疙瘩汤。他吃的面总是一个味儿！浇炸酱。黄酱，很少一点肉末。黄瓜丝、小萝卜，一概不要。白菜下来时，切几丝白菜，这就是"菜码儿"。他饭量不小，一顿半斤面。吃完面，喝一碗面汤（他不大喝水），涮涮碗，坐在门前的马扎儿上，抱着膝盖看街。

我有时带点新鲜菜蔬，青蛤、海蛎子、鳝鱼、冬笋、木耳菜，他总要过来看看："这是什么？"我告诉他是什么，他摇摇头："没吃过。南方人会吃。"他是不会想到吃这样的东西的。

他不种花，不养鸟，也很少遛弯儿。他的活动范围很小，除了上粮店买面，上副食店买酱，很少出门。

他一生经历了很多大事。远的不说。敌伪时期，吃混合面。傅作义。解放军进城，扭秧歌，呛呛七呛七。开国大典，放礼花。没完没了的各种运动。三年自然灾害，大家挨饿。"文化大革命"。"四人帮"。"四人帮"垮台。华国锋。华国锋下台……

然而这些都与他无关，没有在他身上留下多少痕迹。他每天还是吃炸酱面——只要粮店还有白面卖，而且北京的粮价长期稳定——坐在门口马扎儿上看街。

他平平静静，没有大喜大忧，没有烦恼，无欲望亦无追求，天然恬淡，每天只是吃抻条面、拨鱼儿，抱膝闲看，带着笑意，用孩子一样天真的眼睛。

这是一个活庄子。

1990年5月5日

四岁

◆ 王鲁彦

　　车才停下，又往西开了。一个女客牵着孩子，跟着四五个男客走进车厢来。

　　"快点走呀！"她催着孩子，一路扶着坐椅的背，选定了一个女客的座位，坐了下去。

　　她的身材高大，有点肥。面色棕黄，两颊却火烧一样的红，显然她刚才赶火车着了急。一张厚唇的阔嘴。眉毛浓黑，像是一个男人。单层的浮肿似的眼皮，长的睫毛，乌黑的眼珠凝挂在那里面。她的脑后垂着一个大的发髻。穿着一件腰身太窄下摆太大的发光的新棉袍，因此右胁下的纽扣没有套上。长的裤脚在腿子尽头处折叠着，用带子扎上，和许多男子们一样。

　　她抬着头，惊讶地望了一会对面座位上的一只红色的皮箱，便把靠在自己身边的孩子抱到膝上。

　　那孩子的相貌很和她相似。戴着一顶红色的披帽。绿的新棉袍又厚又大又长，使他很不容易动弹。他的阔头的棉鞋，几乎全盖住了他的脚面。他睁着眼，张着小嘴，缩着手，出神地望着左边座位上的一个旅客的头发。

她像在思想着什么，时时无声地轻轻地翕动着嘴唇。她的口角有时露出来一点微笑的痕迹。她的旅行似乎给她一种很大的欢乐。

"闭上眼睛，睡一下吧，小宝，还早呢！"她说着，叫孩子倒在自己的右臂上。

但她又突然红起脸来，觉得自己的右臂触着了旁边的女客，立刻转过头去望了一望，不安地将自己的身子移向左边，让中间留出一个空隙来。

"喂！车票拿出来！车票拿出来！查票的来啦！"

车上的茶房这样大声喊了起来，一路推动着打盹的旅客。在车厢的尽头接着就出来了两个查票员和三个带枪的兵士。

"票来！票来！"

她把孩子抱在左臂，从袋里摸出车票，等待着。

"小孩几岁啦？"查票的把票剪了一个洞，交还给她问。

"四岁啦！"她显出得意的神情。

"补一张半票。"

"什么！小孩也要票吗？"她惊讶地说，红着脸。"去年还坐过火车，可没有买票！"

"章程这样定的：四岁的买半票，三岁的免啦。"

"不是只差一个月吗？上月初八还坐过火车的……"

"那么，算三岁还是四岁呢？三岁的不用打票，四岁的可要补一张的！"查票的说着，估量着孩子，微笑着。

"现在过了年，自然算四岁啦！"她确实地回答说。

"四岁？到底几岁呢？不是三岁吗？"他又重复地问着，特别把"到底"和"三岁"说得重些。

"到底四岁啦！"她也特别说得重。

"哈……半票，两元四毛！"

"没有的事！四岁的小孩就该买票！"

"那是公事！有章程。三岁的免啦，四岁的半票！"

"可是只差一个月呢！"

"得啦！得啦！问你到底几岁，你偏说到底四岁，那有什么办法！拿钱来吧！"

"自然到底是四岁啦！"

"两元四毛……快些补一张半票！"

"说四岁就得补票！那还有什么话！"一个兵士插入说，"他可问过你，到底是不是四岁！"

"可不是！"别一个兵士接着说，"你说三岁就得啦！"

"四岁就是四岁！怎么过了年还是三岁！"她回答，态度很庄重。

查票的、兵士和旅客们全笑了。

"快点拿出来吧！不要耽误我们的时间！"

"一定要票吗？"

“一定要票！”

“多少呢？”

“两元四。”

“好啦！”她说着从内衣袋里摸出一个红纸包来，“全在这儿啦，一总三元，拿去吧！再要多可没有啦！”

“还有找的。”查票的收了那三元大洋，找了钱，补了票走了。

“怪不得我们，只怪你自己！”一个兵士临走的时候说。

“妈的！”她望着他们走远了，才自言自语地说，“这么小的孩子就得出这许多钱！”

“你说三岁就得啦，做什么说四岁呢？”她旁边的女客这样说。

“哈！那怎么可以！过了年啦，还能算三岁吗？”

“说三岁，就不用补票！”

“你叫小宝见着外公，也说三岁吗？那可不行！”

“呃！”女客笑了，“叫他对外公说四岁就得啦！”

“那自然！他记得很清楚！过了年，他已经大了一岁啦！你不信，让我问他。——小宝！”她说着把孩子的面孔扳过来，对着自己，“你今年几岁啦？说吧！”

“四岁啦，妈妈。”孩子回答说，亲切地望着她。

“哈哈哈哈……”前后左右的旅客全笑了起来。

她也笑了，她感觉快乐而且得意。

秋叶吟

◆ 郑振铎

　　幸亏找到小石。这一年的夏天特别热，整个夏天我以面包和凉开水作为午餐；等太阳下去，才就从那蛰居小楼的蒸烤中溜出来，嘘一口气，兜着圈子。走冷僻的路到他家里，用我们的话，"吃一顿正式的饭"。

　　小石是一个顽皮的学生，在教室里发问最多，先生们一不小心，就要受窘。但这次在忧患中遇见，他却变得那么沉默寡言了。既不问我为什么不到内地去，也不问我在上海还有什么任务，当然不问我为什么不住在庙弄，绝对不问我如今住在什么地方。

　　我突然地找到他了，突然每晚到他家里吃饭了，然而这仿佛是平常不过的事，早已如此，一点不突然。料理饮食的也是小石一位朋友的老太太，我们共同享用着正正式式的刚煮好的饭，还有汤，——那位老太太在午间从不为自己弄汤菜，那是太奢侈了。——在那里，我有一种安全的感觉。直到有一次我在这"晚宴"上偶然缺席，第二天去时看到他们的脸上是怎样从焦虑中得到解放，才知道他们是如何理解我的不安全。那位老太太手里提着铲刀，迎着我说："哎呀，郑先生，您下次不来吃饭最好打电话来关照一声啊，我们还当您怎么了呢。"

然而小石连这个也不说。

于是只好轮到我找一点话，在吃过晚饭以后，什么版画、元曲、变文、老庄哲学，都拿来乱谈一顿，自己听听很像是在上文学史之类，有点可笑。

于是我们就去遛马路。

有时同着二房东的胖女孩，有时拉着后楼的小姐L，大家心里舒舒坦坦地出去"走风凉"，小石是喜欢魏晋风的，就名之谓"行散"。

遛着遛着也成为日课，一直到光脚踏屐的清脆叩声渐渐冷落下来，后门口乘风凉的人们都缩进屋里去了，我们行散的性质依然不减。

秋天的黄昏比夏天的更好，暮霭像轻纱似的一层一层笼罩上来，迷迷糊糊的雾气被凉风吹散。夜了，反觉得亮了些，天蓝得清清静静，撑得高高的，嵌出晶莹皎洁的月亮，真是濯心涤神，非但忘却追捕、躲避、恐怖、愤怒，直要把思维上腾到国家世界以外去。

我们一边走着，一边谈性灵，谈人类的命运，争辩月之美是圆时还是缺时，是微云轻抹还是万里无垠……

小石的住所朝南朝南再朝南，是徐家汇路，临着一条河，河南大都是空地和田，没有房子遮着，天空更畅得开。我们从打浦桥顺着河沿往下走往下走，把一道土堆算城墙，又一幢黑魆魆的房屋算童话里的堡垒，听听河水是不是在流。

　　走得微倦，便靠在河边一株横倒的树干上，大家都不谈话。

　　可是一阵风吹过来，夹着河水污浊的气味，熏得我们站起来。这条河在白天原是不可向迩的。"夜只是遮盖，现实到底是现实，不能化朽腐为神奇！"小石叹了口气。

　　觉着有点凉，我随手取起了放在树干上的外衣，想穿。"嘎！"L叫了起来："有毛毛虫。"外衣上附着两只毛虫呢，连忙抖拍下去。大家一阵忙，皮肤起着栗，好像有虫在爬。

　　"不要神经过敏，听，叫哥哥①在叫呢。"

　　"不，那是纺织娘。"

　　"哪里，那一定是铜管娘。"

　　"什么铜管娘，昆虫学里没有的名字。"

　　其实谁也没有研究过昆虫学。热心地争论起来了，把毛毛虫的不快就此抖掉。

　　"听，那边更多呢。""那边更多呢。"

　　一路倾听过去，忽然有一个孩子的声音叫：

　　"在这里了。"

_____

① 哥哥：方言，指蝈蝈。

那是一个穿了睡衣裤的小孩，手里执着小竹笼，一条辫子梢上还系着红线，一条辫子已经散了，大概是睡了听了叫哥哥叫的热闹又爬起来的。

"你不要动，等我捉。"铁丝网那边的丛莽中有一个男人在捉，看样子很是外行，拿了盒火柴，一根根划着。

秋虫的声音到处都是，可是去捉呢，又像在这里，又像在那里，孩子怕铁丝网刺他，又急着捉不到，直叫。

小石也钻进丛莽里去了。

一个骑自行车的人经过，也停了下来，放好了车，取下了车上的电石灯，也加入去捉了。

这人可是个惯家，捉了一会儿，他说，"不行，这样，你拿着灯，我们来捉。"原来的男人很听话的赶快把灯接过来，很合拍的照亮着。

果然，不一会儿，骑自行车的人就捉到了一只，大家钻出来，孩子喜欢得直跳。

骑自行车的人大大的手里夹着叫哥哥，因为感觉到大家欣赏他的成功而害羞，怯怯地说道："给谁呢？给谁呢？"

原来在捉的男人就推给小石说："先给他吧，他不会捉的。"孩子也说："给你吧，我们还好再捉。"

小石被这亲热的推让和赠予弄得不好意思起来，连忙走开去，说："哪里，哪里，我原不想要，我是帮你们捉的。"想想自己又不会捉，又改说，"我不过凑凑热闹。"

我们也说："小妹妹别客气了，把它放在笼子里吧，看逃掉了。"

那个孩子才欢欢喜喜感谢地要了，男人和骑自行车的人又钻进丛莽中去。

小石一边走，一边笑，一边咕噜："我又不是小孩子。推给我做什么。"L说："人家当你比那个小孩还小啦。这又有什么可脸红的呢。"

于是小石就辩了："月亮光底下看得出脸红脸白么？"

其实我们大家都饫饮这善良的温情而陶然了。

走得很远，回过头去，还看得见丛莽里一闪一闪亮着自行车的摩电灯。

一件小事

◆鲁迅

我从乡下跑到京城里，一转眼已经六年了。其间耳闻目睹的所谓国家大事，算起来也很不少；但在我心里，都不留什么痕迹，倘要我寻出这些事的影响来说，便只是增长了我的坏脾气，——老实说，便是教我一天比一天的看不起人。

但有一件小事，却于我有意义，将我从坏脾气里拖开，使我至今忘记不得。

这是民国六年的冬天，大北风刮得正猛，我因为生计关系，不得不一早在路上走。一路几乎遇不见人，好容易才雇定了一辆人力车，教他拉到S门去。不一会，北风小了，路上浮尘早已刮净，剩下一条洁白的大道来，车夫也跑得更快。刚近S门，忽而车把上带着一个人，慢慢地倒了。

跌倒的是一个女人，花白头发，衣服都很破烂。伊从马路边上突然向车前横截过来；车夫已经让开道，但伊的破棉背心没有上扣，微风吹着，向外展开，所以终于兜着车把。幸而车夫早有点停步，否则伊定要栽一个大斤斗，跌到头破血出了。

伊伏在地上；车夫便也立住脚。我料定这老女人并没有伤，又没有别人看见，便很怪他多事，要自己惹出是非，也误了我的路。

我便对他说，"没有什么的。走你的罢！"

车夫毫不理会，——或者并没有听到，——却放下车子，扶那老女人慢慢起来，搀着臂膊立定，问伊说：

"您怎么啦？"

"我摔坏了。"

我想，我眼见你慢慢倒地，怎么会摔坏呢，装腔作势罢了，这真可憎恶。车夫多事，也正是自讨苦吃，现在你自己想法去。

车夫听了这老女人的话，却毫不踌躇，仍然搀着伊的臂膊，便一步一步的向前走。我有些诧异，忙看前面，是一所巡警分驻所，大风之后，外面也不见人。这车夫扶着那老女人，便正是向那大门走去。

我这时突然感到一种异样的感觉，觉得他满身灰尘的后影，刹时高大了，而且愈走愈大，须仰视才见。而且他对于我，渐渐的又几乎变成一种威压，甚而至于要榨出皮袍下面藏着的"小"来。

我的活力这时大约有些凝滞了，坐着没有动，也没有想，直到看见分驻所里走出一个巡警，才下了车。

巡警走近我说，"你自己雇车罢，他不能拉你了。"

我没有思索的从外套袋里抓出一大把铜元，交给巡警，说，"请你给他……"

风全住了，路上还很静。我走着，一面想，几乎怕敢想到我自己。以前的事姑且搁起，这一大把铜元又是什么意思？奖他么？我还能裁判车夫么？我不能回答自己。

这事到了现在，还是时时记起。我因此也时时熬了苦痛，努力的要想到我自己。几年来的文治武力，在我早如幼小时候所读过的"子曰诗云"一般，背不上半句了。独有这一件小事，却总是浮在我眼前，有时反更分明，叫我惭愧，催我自新，并且增长我的勇气和希望。

一九二〇年七月

四位先生

◆ 老舍

吴组缃先生的猪

从青木关到歌乐山一带，在我所认识的文友中要算吴组缃先生最为阔绰。他养着一口小花猪。据说，这小动物的身价，值六百元。

每次我去访组缃先生，必附带的向小花猪致敬，因为我与组缃先生核计过了：假若他与我共同登广告卖身，大概也不会有人出六百元来买！

有一天，我又到吴宅去。给小江——组缃先生的少爷——买了几个比醋还酸的桃子。拿着点东西，好搭讪着骗顿饭吃，否则就太不好意思了。一进门，我看见吴太太的脸比晚日还红。我心里一想，便想到了小花猪。假若小花猪丢了，或是出了别的毛病，组缃先生的阔绰便马上不存在了！一打听，果然是为了小花猪：它已绝食一天了。我很着急，急中生智，主张给它点奎宁吃，恐怕是打摆子。大家都不赞同我的主张。我又建议把它抱到床上盖上被子睡一觉，出点汗也许就好了；焉知道不是感冒呢？这年月的猪比人还娇贵呀！大家还是不赞成。后来，把猪医生请来了。我颇兴奋，要看看猪怎么吃药。猪医生把一些草药包在竹筒的大厚皮儿里，使小花猪横衔着，两头向后束在脖子上：这样，药味与药汁便慢慢走入里边去。把药包儿束好，小花猪的口中好像生了两个翅膀，倒并不难看。

虽然吴宅有此骚动，我还是在那里吃了午饭——自然稍微的有点不得劲儿！

过了两天，我又去看小花猪——这回是专程探病，绝不为看别人；我知道现在猪的价值有多大——小花猪口中已无那个药包，而且也吃点东西了。大家都很高兴，我就又就棍打腿的骗了顿饭吃，并且提出声明：到冬天，得分给我几斤腊肉！组缃先生与太太没加任何考虑便答应了。吴太太说："几斤？十斤也行！想想看，那天它要是一病不起……"大家听罢，都出了冷汗！

马宗融先生的时间观念

马宗融先生的表大概是、我想是一个装饰品。无论约他开会，还是吃饭，他总迟到一个多钟头，他的表并不慢。

来重庆，他多半是住在白象街的作家书屋。有的说也罢，没的说也罢，他总要谈到夜里两三点钟。假若不是别人都困得不出一声了，他还想不起上床去。有人陪着他谈，他能一直坐到第二天夜里两点钟。表、月亮、太阳，都不能引起他注意到时间。

比如说吧，下午三点他须到观音岩去开会，到两点半他还毫无动静。"宗融兄，不是三点，有会吗？该走了吧？"有人这样提醒他，他马上去戴上帽子，提起那有茶碗口粗的木棒，向外走。"七点吃饭。早回来呀！"大家告诉他。他回答声"一定回来"，便匆匆地走出去。

到三点的时候，你若出去，你会看见马宗融先生在门口与一位老太婆，或是两个小学生，谈话儿呢！即使不是这样，他在五点以前也不会走到观音岩。路上每遇到一位熟人，便要谈，至少有十分钟的话。若遇上打架吵嘴的，他得过去解劝，还许把别人劝开，而他与另一位劝架的打起来！遇上某处起火，他得帮着去救。有人追赶扒手，他必然得加入，非捉到不可。看见某种新东西，他得过去问问价钱，不管买与不买。看到戏报子，马上他去借电话，问还有票没有……这样，他从白象街到观音岩，可以走一天，幸而他记得开会那件事，所以只走两三个钟头，到了开会的地方，即使大家已经散了会，他也得坐两点钟，他跟谁都谈得来，都谈得有趣，很亲切，很细腻。有人随便哼了一句二簧，他立刻请教给他；有人刚买一条绳子，他马上拿过来练习跳绳——五十岁了啊！

七点，他想起来回白象街吃饭，归路上，又照样的劝架，救火，追贼，问物价，打电话……至早，他在八点半左右走到目的地。满头大汗，三步当作两步走的。他走了进来，饭早已开过了。

所以，我们与友人定约会的时候，若说随便什么时间，早晨也好，晚上也好，反正我一天不出门，你哪时来也可以，我们便说"马宗融的时间吧"！

姚蓬子先生的砚台

作家书屋是个神秘的地方，不信你交到那里一份文稿，而三五日后再亲自去索回，你就必定不说我扯谎了。

进到书屋，十之八九你找不到书屋的主人——姚蓬子先生。他不定在哪里藏着呢。他的被褥是稿子，他的枕头是稿子，他的桌上、椅上、窗台上……全是稿子。简单的说吧，他被稿子埋起来了。当你要稿子的时候，你可以看见一个奇迹。假如说尊稿是十张纸写的吧，书屋主人会由枕头底下翻出两张，由裤袋里掏出三张，书架里找出两张，窗子上揭下一张，还欠两张。你别忙，他会由老鼠洞里拉出那两张，一点也不少。

单说蓬子先生的那块砚台，也足够惊人了！那是块无法形容的石砚。不圆不方，有许多角儿，有任何角度。有一点沿儿，豁口甚多，底子最奇，四周翘起，中间的一点凸出，如元宝之背，它会像陀螺似的在桌上乱转，还会一头高一头低地倾斜，如浪中之船。我老以为孙悟空就是由这块石头跳出去的！

到磨墨的时候，它会由桌子这一端滚到那一端，而且响如快跑的马车。我每晚十时必就寝，而对门儿书屋的主人要办事办到天亮。从十时到天亮，他至少研十次墨，一次比一次响——到夜最静的时候，大概连南岸都感到一点震动。从我到白象街起，我没做过一个好梦，刚一入梦，砚台来了一阵雷雨，梦为之断。在夏天，砚一响，我就起来拿臭虫。冬天可就不好办，只好咳嗽几声，使之闻之。

现在，我已交给作家书屋一本书，等到出版，我必定破费几十元，送给书屋主人一块平底的，不出声的砚台！

何容先生的戒烟

首先要声明：这里所说的烟是香烟，不是鸦片。

从武汉到重庆，我老同何容先生在一间屋子里，一直到前年八月间。在武汉的时候，我们都吸"大前门"或"使馆"牌；小大"英"似乎都不够味儿。到了重庆，小大"英"似乎变了质，越来越"够"味儿了，"前门"与"使馆"倒仿佛没了什么意思。慢慢的，"刀"牌与"哈德门"又变成我们的朋友，而与小大"英"，不管是谁的主动吧，好像冷淡得日悬一日，不久，"刀"牌与"哈德门"又与我们发生了意见，差不多要绝交的样子。何容先生就决心戒烟！

在他戒烟之前，我已声明过："先上吊。后戒烟！"本来吗，"弃妇抛雏"的流亡在外，吃不敢进大三元，喝么也不过是清一色（黄酒贵，只好吃点白干），女友不敢去交，男友一律是穷光蛋，住是二人一室，睡是臭虫满床，再不吸两枝香烟，还活着干吗？可是，一看何容先生戒烟，我到底受了感动，既觉自己无勇，又钦佩他的伟大；所以，他在屋里，我几乎不敢动手取烟，以免动摇他的坚决！

何容先生那天睡了十六个钟头，一枝烟没吸！醒来，已是黄昏，他便独自走出去。我没敢陪他出去，怕不留神递给他一枝烟，破了戒！掌灯之后，他回来了，满面红光，含着笑，从口袋中掏出一包土产卷烟来。"你尝尝这个，"他客气地让我，"才一个铜板一枝！有这个，似乎就不必戒烟了！没有必要！"把烟接过来，我没敢说什么，怕伤了他的尊严。面对面的，把烟燃上，我俩细细地欣赏。头一口就惊人，冒的是黄烟，我以为他误把爆竹买来了！听了一会儿，还好，并没有爆炸，就放胆继续地吸。吸了不到四五口，我看见蚊子都争着向外边飞，我很高兴。既吸烟，又驱蚊，太可贵了！再吸几口之后，墙上又发现了臭虫，大概也要搬家，我更高兴了！吸到了半枝，何容先生与我也跑出去了，他低声地说："看样子，还得戒烟！"

何容先生二次戒烟，有半天之久。当天的下午，他买来了烟斗与烟叶。"几毛钱的烟叶，够吃三四天的，何必一定戒烟呢！"他说。吸了几天的烟斗，他发现了：（一）不便携带；（二）不用力，抽不到；用力，烟油射在舌头上；（三）费洋火；（四）须天天收拾，麻烦！有此四弊，他就戒烟斗，而又吸上香烟了。"始作卷烟者，其无后乎！"他说。

最近二年，何容先生不知戒了多少次烟了，而指头上始终是黄的。

载1942年6月22、23、24、25日《新民报晚刊》

一条老狗

也不知道是什么原因，我总会不时想起一条老狗来。在过去七十年的漫长的时间内，不管我是在国内，还是在国外，不管我是在亚洲、在欧洲、在非洲，一闭眼睛，就会不时有一条老狗的影子在我眼前晃动，背景是在一个破破烂烂的篱笆门前，后面是绿苇丛生的大坑，透过苇丛的疏稀处，闪亮出一片水光。

这究竟是怎么一回事呢？

无论用多么夸大的词句，也决不能说这一条老狗是逗人喜爱的。它只不过是一条最普普通通的狗，毛色棕红，灰暗，上面沾满了碎草和泥土，在乡村群狗当中，无论如何也显不出一点特异之处，既不凶猛，又不魁梧。然而，就是这样一条不起眼儿的狗却揪住了我的心，一揪就是七十年。

因此，话必须从七十年前说起。当时我还是一个不谙世事的毛头小伙子，正在清华大学读西洋文学系二年级。能够进入清华园，是我平生最满意的事情，日子过得十分惬意。然而，好景不长。有一天，是在秋天，我忽然接到从济南家中打来的电报，只是四个字："母病速归。"我仿佛是劈头挨了一棒，脑筋昏迷了半天。我立即买好了车票。登上开往济南的火车。

我当时的处境是，我住在济南叔父家中，这里就是我的家。而我母亲却住在清平官庄的老家里。整整十四年前，我六岁的那一年，也就是1917年，我离开了故乡，也就是离开了母亲，到济南叔父处去上学。我上一辈共有十一位叔伯兄弟，而男孩却只有我一个。济南的叔父也只有一个女孩，于是在表面上我就成了一个宝贝蛋。然而真正从心眼里爱我的只有母亲一人，别人不过是把我看成能够传宗接代的工具而已。这一层道理一个六岁的孩子是无法理解的。可是离开母亲的痛苦我却是理解得又深又透的。到了济南后第一夜，我生平第一次不在母亲怀抱里睡觉，而是孤身一个人躺在一张小床上，我无论如何也睡不着，我一直哭了半夜。这是怎么一回事呀！为什么把我弄到这里来了呢？"遥怜小儿女，未解忆长安。"母亲当时的心情，我还不会去猜想。现在追忆起来，她一定会是肝肠寸断，痛哭决不止半夜。现在，这已成了一个万古之谜，永远也不会解开了。

从此我就过上了寄人篱下的生活。我不能说，叔父和婶母不喜欢我，但是，我唯一被喜欢的资格就是，我是一个男孩。不是亲生的孩子同自己亲生的孩子感情必然有所不同，这是人之常情，用不着掩饰，更用不着美化。我在感情方面不是一个麻木的人，一些细微末节，我体会极深。常言道，没娘的孩子最痛苦。

我虽有娘，却似无娘，这痛苦我感受得极深。我是多么想念我故乡里的娘呀！然而，天地间除了母亲一个人外有谁真能了解我的心情、我的痛苦呢？因此，我半夜醒来一个人偷偷地在被窝里吞声饮泣的情况就越来越多了。

在整整十四年中，我总共回过三次老家。第一次是在我上小学的时候，为了奔大奶奶之丧而回家的。大奶奶并不是我的亲奶奶，但是从小就对我疼爱异常。如今她离开了我们，我必须回家，这似乎是天经地义的事情。这一次我在家只住了几天，母亲异常高兴，自在意中。第二次回家是在我上中学的时候，原因是父亲卧病。叔父亲自请假回家，看自己共过患难的亲哥哥。这次在家住的时间也不长。我每天坐着牛车，带上一包点心，到离开我们村相当远的一个大地主兼中医住的村里去请他，到我家来给父亲看病，看完再用牛车送他回去。路是土路，坑洼不平，牛车走在上面，颠颠簸簸，来回两趟，要用去差不多一整天的时间。至于医疗效果如何呢？那只有天晓得了。反正父亲的病没有好，也没有变坏。叔父和我的时间都是有限的，我们只好先回济南了。过了没有多久，父亲终于走了。一叔到济南来接我回家。这是我第三次回家，同第一次一样，专为奔丧。在家里埋葬了父亲，又住了几天。现在家里只剩下了母亲和二妹两个人。家里失掉了男主人，一个妇道人家怎样过那种只有半亩地的穷日子，母亲的心情怎样，我只有十一二岁，当时是难以理解的。但是，我仍然必需离开她到济南去继续上学。在这样万般无奈的情况下，但凡母亲还有不管是多么小的力量，她也决不会放我走的。可是她连一丝一毫的力量也没有。她一字不识，一辈子连个名字都没有能够取上。做了一辈子"季赵氏"。到了今天，父亲一走，她怎样活下去呢？她能给我饭吃吗？不能的，决不能的。母亲心内的痛苦和忧愁，连我都感觉到了。最后她只能眼睁睁地看着自己最亲爱的孩子离开了自己，走了，走了。谁会知道，这是她最后一次看到自己的儿子呢？谁会知道，这也是我最后一次见到母亲呢？

回到济南以后，我由小学而初中，而初中而高中，由高中而到北京来上大学，在长达八年的过程中，我由一个浑浑沌沌的小孩子变成了一个青年人，知识增加了一些，对人生了解得也多了不少。对母亲当然仍然是不断想念的。但在暗中饮泣的次数少了，想的是一些切切实实的问题和办法。我梦想，再过两年，我大学一毕业，由于出身一个名牌大学，抢一只饭碗是不成问题的。到了那时候，自己手头有了钱，我将首先把母亲迎至济南。她才四十来岁，今后享福的日子多着哩。

可是我这一个奇妙如意的美梦竟被一张"母病速归"的电报打了个支离破碎。我现在坐在火车上，心惊肉跳，忐忑难安。哈姆莱特问的是"to be or not to be"，我问的是母亲是病了，还是走了？我没有法子求鉴占卜，可我又偏想知道个究竟，我于是自己想出了一套占卜的办法。我闭上眼睛，如果一睁眼我能看到一根电线杆，那母亲就是病了；如果看不到，就是走了。当时火车速度极慢，从北京到济南要走十四五个小时。就在这样长的时间内，我闭眼又睁眼反复了不知多少次。有时能看到电线杆，则心中一喜。有时又看不到，则心中一惧。到头来也没能得出一个肯定的结果。我到了济南。

到了家中，我才知道，母亲不是病了，而是走了。这消息对我真如五雷轰顶，我昏迷了半晌，躺在床上哭了一天，水米不曾沾牙。悔恨像大毒蛇直刺入我的心窝。在长达八年的时间内，难道你就不能在任何一个暑假内抽出几天时间回家看一看母亲吗？二妹在前几年也从家乡来到了济南，家中只剩下母亲一个人，孤苦伶仃，形单影只，而且又缺吃少喝，她日子是怎么过的呀！你的良心和理智哪里去了？你连想都不想一下吗？你还能算得上是一个人吗？我痛悔自责，找不到一点能原谅自己的地方。我一度曾想到自杀，追随母亲于地下。但是，母亲还没有埋葬，不能立即实行。在极度痛苦中我胡乱诌了一副挽联：

　　一别竟八载，多少次倚闾怅望，眼泪和血流，迢迢玉宇，高处寒否？

　　为母子一场，只留得面影迷离，入梦浑难辨，茫茫苍天，此恨曷极！

对仗谈不上，只不过想聊表我的心情而已。

叔父婶母看着苗头不对，怕真出现什么问题，派马家二舅陪我还乡奔丧。到了家里，母亲已经成殓，棺材就停放在屋子中间。只隔一层薄薄的棺材板，我竟不能再见母亲一面，我与她竟是人天悬隔矣。我此时如万箭钻心，痛苦难忍，想一头撞死在母亲棺材上，被别人死力拽住，昏迷了半天，才醒转过来。抬头看屋中的情况，真正是家徒四壁，除了几只破椅子和一只破箱子以外，什么都没有。在这样的环境中，母亲这八年的日子是怎样过的，不是一清二楚了吗？我又不禁悲从中来，痛哭了一场。

现在家中已经没了女主人，也就是说，没有了任何人。白天我到村内二大爷家里去吃饭，讨论母亲的安葬事宜。晚上则由二大爷亲自送我回家。那时村里不但没有电灯，连煤油灯也没有。家家都点豆油灯，用棉花条搓成灯捻，只不过是有点微弱的亮光而已。有人劝我，晚上就睡在二大爷家里，我执意不肯。让我再陪母亲住上几天吧。在茫茫百年中，我在母亲身边只住过六年多，现在仅仅剩下了几天，再不陪就真正抱恨终天了。于是二大爷就亲自提一个小灯笼送我回家。此时，万籁俱寂，宇宙笼罩在一片黑暗中，只有天上的星星在眨眼，仿佛闪出一丝光芒。全村没有一点亮光，没有一点声音。透过大坑里芦苇的疏隙闪出一点水光。走近破篱笆门时，门旁地上有一团黑东西，细看才知道是一条老狗，静静地卧在那里。狗们有没有思想，我说不准，但感情的确是有的。这一条老狗几天来大概是陷入困惑中：天天喂我的女主人怎么忽然不见了？它白天到村里什么地方偷一点东西吃，立即回到家里来，静静地卧在篱笆门旁。见了我这个小伙子，它似乎感到我也是这家的主人，同女主人有点什么关系，因此见到了我并不咬我，有时候还摇摇尾巴，表示亲昵。那一天晚上我看到的就是这一条老狗。

我孤身一个人走进屋内，屋中停放着母亲的棺材。我躺在里面一间屋子里的大土炕上，炕上到处是跳蚤，它们勇猛地向我发动进攻。我本来就毫无睡意，跳蚤的干扰更加使我难以入睡了。我此时孤身一人陪伴着一具棺材。我是不是害怕呢？不的，一点也不。虽然是可怕的棺材，但里面躺的人却是我的母亲。她永远爱她的儿子，是人，是鬼，都决不会改变的。

正在这时候，在黑暗中外面走进来一个人，听声音是对门的宁大叔。在母亲生前，他帮助母亲种地，干一些重活，我对他真是感激不尽。他一进屋就高声说："你娘叫你哩！"我大吃一惊：母亲怎么会叫我呢？原来宁大婶撞客了，撞着的正是我母亲。我赶快起身，走到宁家。在平时这种事情我是绝对不会相信的。此时我却是心慌意乱了。只听从宁大婶嘴里叫了一声："喜子呀！娘想你啊！"我虽然头脑清醒，然而却泪流满面。娘的声音，我八年没有听到了。这一次如果是从母亲嘴里说出来的，那有多好啊！然而却是从宁大婶嘴里，但是听上去确实像母亲当年的声音。我信呢，还是不信呢？你不信能行吗？我胡里胡涂地如醉似痴地走了回来。在篱笆门口，地上黑黢黢的一团，是那一条忠诚的老狗。

我人躺在炕上，无论如何也睡不着了，两只眼睛望着黑暗，仿佛能感到自己的眼睛在发亮。我想了很多很多，八年来从来没有想到的事，现在全想到了。父亲死了以后，济南的经济资助几乎完全断绝，母亲就靠那半亩地维持生活，她能吃得饱吗？她一定是天天夜里躺在我现在躺的这一个土炕上想她的儿子，然而儿子却音信全无。她不识字，我写信也无用。听说她曾对人说过："如果我知道他一去不回头的话，我无论如何也不会放他走的！"这一点我为什么过去一点也没有想到过呢？古人说："树欲静而风不止，子欲养而亲不待。"现在这两句话正应在我的身上，我亲自感受到了；然而晚了，晚了，逝去的时光不能再追回了！"长夜漫漫何时旦？"我却盼天赶快亮。然而，我立刻又想到，我只是一次度过这样痛苦的漫漫长夜，母亲却度过了将近三千次。这是多么可怕的一段时间啊！在长夜中，全村没有一点灯光，没有一点声音，黑暗仿佛凝结成为固体，只有一个人还瞪大了眼睛在玄想，想的是自己的儿子。伴随她的寂寥的只有一个动物，就是篱笆门外静卧的那一条老狗。想到这里，我无论如何也不敢再想下去了；如果再想下去的话，我不知道会出现什么样的情况。

母亲的丧事处理完，又是我离开故乡的时候了。临离开那一座破房子时，我一眼就看到那一条老狗仍然忠诚地趴在篱笆门口，见了我，它似乎预感到我要离开了，它站了起来，走到我跟前，在我腿上擦来擦去，对着我尾巴直摇。我一下子泪流满面。我知道这是我们的永别，我俯下身，抱住了它的头，亲了一口。

我很想把它抱回济南。但那是绝对办不到的。我只好一步三回首地离开了那里，眼泪向肚子里流。

到现在这一幕已经过去了七十年。我总是不时想到这一条老狗。女主人没了，少主人也离开了，它每天到村内找点东西吃，究竟能够找多久呢？我相信，它决不会离开那个篱笆门口的，它会永远趴在那里的，尽管脑袋里也会充满了疑问。它究竟趴了多久，我不知道，也许最终是饿死的。我相信，就是饿死，它也会死在那个破篱笆门口。后面是大坑里透过苇丛闪出来的水光。

我从来不信什么轮回转生；但是，我现在宁愿信上一次。我已经九十岁了，来日苦短了。等到我离开这个世界以后，我会在天上或者地下什么地方与母亲相会，趴在她脚下的仍然是这一条老狗。

2001年5月2日写完

在喧嚣的世界里，
坚持以匠人心态认认真真打磨每一本书，
坚持为读者提供
有用、有趣、有品位、有价值的阅读。
愿我们在阅读中相知相遇，在阅读中成长蜕变！

好读，只为优质阅读。

心上有个人，才能活下去

策划出品：好读文化　　　　　　监　　制：姚常伟

责任编辑：牛炜征　　　　　　　产品经理：牛　雪

装帧设计：末末美书　　　　　　营销编辑：陈可心

内文排版：鸣阅空间

图书在版编目（CIP）数据

心上有个人，才能活下去 / 贾平凹等著；好读编
. — 北京：北京联合出版公司，2023.7
ISBN 978-7-5596-6897-4

Ⅰ.①心… Ⅱ.①贾… ②好… Ⅲ.①散文集－中国
－现代②散文集－中国－当代 Ⅳ.①I266

中国国家版本馆CIP数据核字（2023）第075573号

心上有个人，才能活下去

作　　者：贾平凹　史铁生等　著　好读　编
出 品 人：赵红仕
责任编辑：牛炜征
封面设计：末末美书

北京联合出版公司出版
（北京市西城区德外大街83号楼9层　100088）
北京联合天畅文化传播公司发行
北京美图印务有限公司印刷　新华书店经销
字数163千字　840毫米×1194毫米　1／32　8.25印张
2023年7月第1版　2023年7月第1次印刷
ISBN 978-7-5596-6897-4
定价：55.00元